聆听史诗丛书

编 | 贺继宏 纯懿

玛纳斯故事

五洲传播出版社

目录

前 言

第一回
阿牢开进犯柯尔克孜　危难之中玛纳斯诞生……………1

第二回
少年玛纳斯驱逐外敌　众乡亲拥戴登上汗位……………9

第三回
为解救苦难同胞　玛纳斯率部远征………………………23

第四回
众英雄战死沙场　玛纳斯告别人世………………………41

第五回
骨肉叛离迫害遗孤篡权误国　赛麦台依惩处叛逆夺回汗位……57

第六回
青阔交围城欲抢曲莱克为妻　赛麦台依解围与曲莱克成婚……74

第七回
空吾尔进犯坎阔勒　众英雄保卫塔拉斯……………………88

第八回
坎巧绕叛变谋汗位　赛麦台依幻化消失......................106

第九回
古里巧绕翦除克亚孜　赛依铁克锄奸登汗位................121

第十回
克斯莱提残害百姓　凯耐尼木为民除害......................127

第十一回
卡拉朵恶贯满盈　赛依特代父出征............................138

第十二回
祖孙三人携手治家邦　别克巴恰怀祖祭英灵................154

第十三回
二酋争美女举兵双抢亲　索木碧莱克除恶遇佳偶.........168

第十四回
第八代汗奇格泰英年早逝　玛纳斯八代英雄名垂千古....174

编后记..182

柯尔克孜族英雄史诗《玛纳斯》是中国三大史诗之一，它历经几个世纪，由成千上万人集体创作，已成不朽的跨时代的文学巨著。

柯尔克孜族是中国北方一个具有悠久历史和灿烂文化的古老游牧民族。据汉文史籍记载：早在中国汉代以前，柯尔克孜族就生息繁衍在叶尼塞河上游一带，《史记》称其部为"鬲昆"，《汉书》上称为"坚昆"，隶属于匈奴，汉代王昭君与匈奴单于之女须卜居次以及汉代降将李陵与匈奴公主都曾留居于柯尔克孜部，他们的后代均融合于柯尔克孜之中，由此可见柯尔克孜族与汉民族有着密切的血缘关系。

历经一系列历史变迁，蒙古兴起之后，开始对柯尔克孜部实施统治。柯尔克孜部与蒙古部统治与反统治的斗争进行了三个多世纪。到了明代，明王朝虽然统一了中原，但中国的西北部仍然在蒙古成吉思汗后裔的统治之下，柯尔克孜部为反抗蒙古成吉思汗的后裔的残酷统治进行了长期艰苦的斗争，前后共发生了六十一场战争，柯尔克孜族的英雄史诗《玛纳斯》就是在这样一个风云变幻的大背景下产生的不朽的口头文学作品。

《玛纳斯》所反映的正是中国北部和西北部边疆封建割据势力群雄突起、互相争夺、互相兼并的大动荡时期。长期统治中国北方的契丹（即史诗中的"克塔依"）、喀拉契丹（西辽，即史诗中的"喀拉克塔依"）力量已逐步衰弱，继之而起的是蒙古瓦剌各部（即史诗中的"卡勒玛克人"）取得了中国漠北的统治地位。瓦剌人不断向周边侵略扩张，其势力范围从中国北部边疆一直扩大到天山南北帕米尔一带。瓦剌对其统治区的各族人民实行残酷的压迫和统治，广大柯尔克孜人不甘受其奴役，纷纷起来反抗，压迫与反压迫、奴役与反奴役、侵略与反侵略的斗争风起云涌，如火如荼，异常激烈。史诗《玛纳斯》中充分反映了这一特定历史时期尖锐激烈的矛盾与斗争。

史诗《玛纳斯》是一部具有高度人民性的不朽作品，它代表了人民的热烈追求和向往，表达了人民的美好愿望。史诗从头至尾贯穿着年轻汗王玛纳斯及其子孙八代为反抗异族侵略、保卫家乡和柯尔克孜族人民安居乐业而不屈不挠、勇于献身的这样一个主题。全诗分为八个部分，独立成篇，又相互衔接。

第一部：《玛纳斯》。这一部主要叙述主人公玛纳斯诞生的过程及他被拥戴为柯尔克孜汗王后，团结本部和邻近部落人民，建设家园和率领柯尔克孜族勇士为反对异族侵略、推翻奴役统治而进行的不屈不挠的顽强斗争，表现了古代柯尔克孜族人民争取自由、渴望幸福生活的理想和愿望。本部长约五万多行。

第二部：《赛麦台依》。本部史诗主要叙述玛纳斯死后，内部发生了叛乱，其妻卡尼凯公主带着襁褓中的儿子赛麦台依避难于喀拉汗的布哈拉城。赛麦台依长到十二岁，就单身返回塔拉斯故居，消灭了敌人，平定了内乱，拯救了苦难中的柯尔克孜同胞，保卫了四十个部落的柯尔克孜族和六十个部落的阿拉什。诗中还叙述了赛麦台依与仙女阿依曲莱克公主的爱情纠葛以及他们悲欢离合的种种遭遇。约三万七千行。

第三部：《赛依铁克》。这一部主要叙述了赛麦台依和阿依曲莱克的遗腹子赛依铁克在苦难中的成长。他长大后为父报仇，为民除害，杀死叛徒，剪除内奸，夺回了土地和人民，重建家园，同时还叙述了他打败凶残暴虐的巨人萨勒巴依，拯救芒额特人于敌人铁骑之下的事迹。约二万五千行。

第四部：《凯耐尼木》。赛依铁克与善战女神库娅勒之子凯耐尼木是位勇敢过人、见义勇为的英雄汗王。他既不披甲，又不持兵器，竟然拔下一棵巨柳，只身冲入敌阵，将众顽敌一扫而光。他惩恶扬善，除暴安良，为广大柯尔克孜族及哈萨克等部大办好事，成为深受人民爱戴的一代英雄汗王。约三万四千多行。

第五部：《赛依特》。这一部主要叙述少年赛依特代父出征、为民除害、降妖除魔的英雄故事，以及他与克勒吉凯公主坚贞不渝的爱情故事，约一万一千多行。

第六部：《阿斯勒巴恰与别克巴恰》。赛依特二十二岁死后，柯尔克孜部由其父凯耐尼木掌管，赛依特遗腹子双胞胎阿斯勒巴恰和别克巴恰长到十二岁时，其祖父将治国大业交给两个孙子共掌。阿斯勒巴恰不幸早亡，别克巴恰弟承兄业，率领柯尔克孜族人民英勇抗击外来侵略，取得了一个又一个胜利，其中充满了神话色彩。全诗三万余行。

第七部：《索木碧莱克》。索木碧莱克是别克巴恰的遗腹子，他十六岁时家乡遭到芒额特人和呼罗珊人的联合进犯，塔拉斯失陷。在民族危难关头，索木碧莱克挺身而出，与敌人进行英勇搏斗，最后赶走了入侵之敌，获得了胜利。全诗约一万一千行。

第八部：《奇格泰》。奇格泰是索木碧莱克的遗腹子，在他出生时母亲逝世，他成了孤儿，为别人所收养。当他十四岁时，获悉卫拉特人进犯哈萨克人，他即率柯尔克孜人全力相助。在他出征之时，杜尔扈特人却乘机入侵柯尔克孜的首府塔拉斯。凯旋的奇格泰不顾鞍马疲劳，又与杜尔扈特人展开了英勇搏斗，最后取得了胜利，但他不幸中矢身亡。奇格泰没有娶妻生子，玛纳斯子孙八代就此结束了他们为柯尔克孜族人的独立解放、兴旺繁荣而叱咤风云、戎马疆场的斗争。他们在柯尔克孜族历史上留下了光辉的一页，在柯尔克孜族人民群众中留下了不朽的英雄形象，为后世所颂扬。

作为民族史诗，《玛纳斯》语言风趣幽默、诙谐优美，比喻委婉得当。它的故事内容丰富，幻想联翩，有着强烈的民族特色，书中所言所述，无不构成一幅幅情景交融、风格独特的柯尔克孜民族风情画卷。它不仅是一部规模宏伟的珍贵文学遗产，也是研究柯尔克孜民族人文历史地理、生活习惯、宗教信仰、社会经济、家庭婚姻、音乐美术、语言文字等情况的大百科全书。

《玛纳斯》不仅在中国柯尔克孜族中流传，在吉尔吉斯斯坦、阿富汗等国的柯尔克孜人中也广泛流传。它是史诗，但并非信史，也不是某一个时代、某一个人的个人著作，而是无数个"玛纳斯奇"[①]在几个世纪中的传承和再创作。这种传承和再创作在长期的流传过程中，随着时代的发展，又不断增添新的内容，形成了最具活力和生命力的活形态史诗。它的伟大和不朽，就在于不同时代的众多创作者和传承者在源源不断的创作中，将所处时代的政治、经济、社会、文化、生活与史诗内容交融在一起，甚至将不同时代人们的意识、信念、理想、追求皆融于人物身上，塑造出跨越时代而又有时代特色的理想的英雄形象。

《玛纳斯》是柯尔克孜人进入英雄崇拜时代的作品，但它又留下了人类社会自然崇拜、祖先崇拜等时代的烙印。

---

① 玛纳斯奇：柯尔克孜语中对演唱史诗《玛纳斯》的民间艺人的称谓。

诗中的主旨是英雄主宰世界，创造历史，但英雄不仅要依赖于祖宗英灵的护佑和给予力量，而且也需要天地日月山水等万物之神的保佑和帮助才可以取得成功，这一点贯穿于全诗始终。时至今日，《玛纳斯》依然在民间以口头传唱的形式继续传承，一代一代的"玛纳斯奇"在传唱中不断加入自己独特的风格和时代特点，这种活形态的史诗还将继续鲜活下去、传承下去，这既是民间文学的特点，也是活形态史诗的特点。

　　史诗是认识古代社会的活标本，英雄史诗实质上就是古代民族战争的形象史，而活形态的史诗更是将古代社会与现代社会有机结合的产物。

　　《玛纳斯》史诗从13世纪开始产生，到16世纪基本形成，其间反映了一个家族八代人的英雄事迹，是目前世界上已知的规模最大、篇幅最长的史诗作品之一；柯尔克孜族的天才民间文学演唱大师能演唱数十万行的民间长诗，更是堪称奇迹。柯尔克孜族不愧是创造史诗的民族，也是一个对人类文化史作出卓越贡献的民族。

贺继宏

第一回

阿牢开进犯柯尔克孜
危难之中玛纳斯诞生

在很久以前,那是一个充满奇迹的年代。在美丽的叶尼塞河流域,有一个叫卡勒玛玛依的汗王治理着当地的百姓。他是一个真正的英雄,办事公道,无人敢来侵犯,在他统治的地方人丁兴旺,逐渐衍生出了四十个部落联盟。玛玛依汗王便给联盟部落起名"柯尔克居孜"①。这就是柯尔克孜族的起源。

玛玛依汗王有五个妻妾,但没有一个能够生育。后来他遇到了一个多子多女的美丽寡妇,暗想:"她也许会给我生个儿子吧!"玛玛依娶了她。果然这个寡妇为他生下了一个高大强健如青鬃狼似的儿子,取名波多诺。波多诺长到九岁时,病魔缠住了玛玛依汗王,他离开了人世。

四十个部落的人们举办葬礼为汗王送行后,聚到了一起,并请来了波多诺。智者加勒塔依巴斯力荐波多诺接任汗王。众人一致通过。波多诺不负众望,像父亲那样公正、有条不紊地治理

---

① 柯尔克居孜:柯尔克孜语,即四十个部落。这是柯尔克孜族源传说之一。

着百姓，颇受爱戴。但好景不长，他只做了几年汗王就离开了人世。他的儿子波托依娇生惯养，不能像他的父辈那样治理叶尼塞，不能成为人们的依靠和希望，幸福之星就这样陨落，柯尔克孜人如沙鸡一样蒙受着苦难。

转眼之间，十五代人过去了。其间，有一位叫喀拉什的汗王，他有一个惨无人道的嗜好：凡是见到有麻脸的人，总要斩尽杀绝。结果他四岁的儿子也出了天花，本来英俊的面孔变成了麻脸，喀拉什不愿意违背自己的指令，他召集众臣商量，决定处死麻脸的王子。聪明的丞相立刻站出来呈上自己的建议，请求汗王将小王子交由他来处斩。善良的丞相召集了一群少男少女，将小王子和这些孩子一起带到偏远的深山老林，并且一再嘱咐："你们绝不能再回故乡，我给你们取名叫'柯尔盖孜'①。"传说这些人也是柯尔克孜族人的祖先。

生活在这些少男少女中的王子和一个美丽的姑娘结了婚，又诞生了子孙。后来，一个叫奥诺孜都的汗王生了十个儿子，其中的长子叫加克普。自加克普这代，出现了一个名叫阿牢开的恶魔，他统治着广阔的地域，喀拉克塔依、卡勒玛克都是他的臣民。他开始向叶尼塞河两岸进犯，对那些安居乐业的柯尔克孜人大肆掠夺，将奥诺孜都的十个儿子四处驱赶，给柯尔克孜人带来了空前的灾难。柯尔克孜人一夜之间沦为了卡勒玛克人的奴仆。

水深火热的生活中，突然有一天，柯尔克孜人所熟稔的卜书

---

① 柯尔盖孜：意为在山中游牧的人，后来演变成柯尔克孜的族名，这是柯尔克孜族源传说的一种。

中显示了这样一行字:"柯尔克孜人中将要诞生玛纳斯!"玛纳斯将率领柯尔克孜人将卡勒玛克人逐出家园,收回被他们占领的全部领地。

而在同一时间,卡勒玛克人的占卜师也在卜书中得到了同样的占卜内容。他立刻将此事告诉了阿牢开:"柯尔克孜即将诞生一位天下无敌的英雄,他将会给你们父子带来灭顶之灾,他的威名将传遍世界,不要说卡勒玛克,就连克塔依人对他也要卑躬屈膝。"

阿牢开听了此话,心中一阵发慌,立刻将此事禀报给秦格什汗王。

英雄玛纳斯即将出生的预言让秦格什心神不宁,忐忑不安。他绝对不允许他未来的劲敌玛纳斯出生,他打定主意,一定要在玛纳斯刚出生时就杀死他。他将柯尔克孜人五户为一组集中,并派驻一名卡勒玛克人作为头领负责监视。

受尽凌辱的柯尔克孜人听到英雄玛纳斯将要诞生的事情,每一个人都悄悄露出会心的笑容,他们仿佛在长长的黑暗中看到了一缕阳光……

我们再说奥诺孜都的长子加克普,他非常渴望自己能有一个儿子,不久,果真如愿以偿,他的妻子有了身孕。

卡勒玛克人不许玛纳斯诞生,无论谁家即将诞生婴儿,他们都派密探四处打听,以便及时杀死。加克普的妻子绮依尔迪有了身孕后，卡勒玛克头人立刻找上门来探询，并且每天在他家门前来回走动，进行监视。面对卡勒玛克人的严密监督，加克普每次都装得很高兴的样子，将成群的牛羊和上好的马奶酒奉给卡勒玛克头人。一天，趁着卡勒玛克头人喝得高兴的时候，加克普说出了自己的想法："巩乃斯的草场已经放不下我的牲畜了，人的尊严就在于牲畜的数量，请允许我搬到适宜牲畜繁衍生长的布茹勒托海①去。"由于加克普平时对卡勒玛克头人的阿谀奉承，他的请求最终得到了应允。

此时绮依尔迪怀孕已经三个多月了。她面容憔悴，不思饮食。加克普每天陪着她，看她这样，心中很是焦虑，他问绮依尔迪："你的身体瘦弱，面无血色，到底发生了什么事情？希望你告诉我实情。"

绮依尔迪难受得捂住胸口说："我现在对任何食物都没胃口，我想吃的东西世间难寻，说出来你也找不到。"

加克普急不可待地问："夫人，你到底想吃什么？说出来，就是到九霄云外我也要找到。"

绮依尔迪看着加克普着急的样子，回答说："你既然让我说，我就直说吧。最近我时常烦躁不宁，总有一种冥冥中的美妙旋律，在我耳际萦绕不绝。如果天上凤凰鸟的眼珠能跌落到我的嘴里，我烦躁的心就会舒畅；我现在还最渴望能吃到虎心和狮子的舌头，只有这些东西才能消除我内心的烦躁。"

---

① 布茹勒托海：原名是阿克托阔依，加克普搬迁过来改名为布茹勒托海，意为改变命运的森林，希望能够时来运转。

加克普听了绮依尔迪的这些要求,陷入了苦闷。老虎和狮子可以在原野上找到,只要不惜钱财,雇佣一些好猎手,他们定会将老虎和狮子送来。可是那种被称作凤凰的阿勒普喀拉神鸟①到哪里去找?

这时,作为舅兄的巴勒塔拿出一个皮囊对妹妹绮依尔迪说:"这是乌鲁姆城的国王赠送给父王奥诺孜都的贡品,千真万确绝对不是谎言,这是凤凰神鸟的眼睛。父王交给我母亲保管,母亲将它缝在腰围内层,珍藏了整整一生,直到去世的时候,交给了我。神鸟是百鸟之王,眼睛无比敏锐明亮,今天就请你品尝。"绮依尔迪看到那神鸟的眼睛欢喜不已:"尊敬的哥哥,你就像慈父一样,我终于实现了愿望!"

巴勒塔也是位先知,回到家中,他拿出那本红色的经书,仔细揣度,认定:"绮依尔迪怀的正是英雄玛纳斯。玛纳斯不是凡人,他的出生肯定充满周折。我必须去照应他。"智慧超群的巴勒塔打定主意,搬到了离加克普不远的牧村居住下来,随时可以得到玛纳斯出生的消息。

九月的孕期已经过去,绮依尔迪的身体浑圆到无法行动,分娩的日期已经临近。可是又过了五个月,孩子依旧没有出生的征兆,直到若干天以后,绮依尔迪才开始阵痛。按照柯尔克孜的习俗:宰杀山羊羔,用热羊肺拍打绮依尔迪的头顶,借以驱逐邪气怪病。但是这样依然无法止住绮依尔迪的苦痛。加克普一共请来

---

① 阿勒普喀拉神鸟:阿勒普,柯尔克孜语,可引申为巨大、伟大之意。喀拉为黑色,阿勒普喀拉神鸟意为巨大的黑色神鸟。

了五十多人，准备为绮依尔迪实施助产催生。

整整折腾了十五个日夜，孩子才艰难出生，但奇怪的是，没有传出婴儿落地的哭声。当人们低头朝婴儿看去时，看到的却是一只青色的皮囊，所有在场的人不由发出了一阵惊呼声："哎哟，这是什么呀？"

加克普冲进去一看，立刻惊呆了，望着眼前的皮囊不敢抱进怀里，脸色蜡黄，浑身冒汗，但他故作镇静，火速通知巴勒塔。

巴勒塔将众人都赶到外面，悄悄对加克普说："这是神灵的恩赐，他是裹在皮囊里的孩子。你立刻带上布袋出门，在牧村外面你会听到小狗的叫声，你把那两只一模一样的小狗捉回来，不要让任何人发现你的行踪。"

按照巴勒塔的话，加克普出去捉回了两只白色的狗崽。看到加克普回来，巴勒塔立刻把青皮囊划开，皮囊中出现了一个婴儿，那婴儿的神情好像九岁的孩童。巴勒塔低头察看婴儿的手掌，只见他左手握着血块，右手紧攥着肥油，那神态显示出要征服世界的风采和力量，跟红色卜书上所说的一致。

巴勒塔将那两只小狗放入皮囊，又巧妙地将皮囊恢复到原先的无缝状态。这时，卡勒玛克的两个头人已经听说加克普家诞生了婴儿，立即赶了过来。巴勒塔当着卡勒玛克人的面将皮囊划开，皮囊中跑出来两只小狗崽。一只小狗向卡勒玛克人冲过去，其中一个卡勒玛克人吓得昏死过去，另一个卡勒玛克人吓得目瞪口呆，惊呼道："这不是婴儿而是小狗，这太不吉利了！这狗崽会吞去我们的好运气。加克普的老婆居然生下这等怪物，真让我晦气！"两个头人逃也似的跑掉了。

待一切都平静下来后,巴勒塔、加克普和阿德勒别克三个人才展开婴儿的手掌,仔细观察。在婴儿右手的掌心——"玛纳斯"三个字清晰可见、赫然入眼。巴勒塔兴奋不已,说:"这是库达依[①]给我们的恩赐,玛纳斯之名要保密,不可外传,我们暂时给他起个名字就叫冲金迪[②]吧!"

奇怪的是,当巴勒塔为婴儿另起了名字后,婴儿掌心中的"玛纳斯"三个字就消失了。

[①] 库达依:柯尔克孜语,按柯尔克孜语字面上解释是指真主,但在史诗中,意义更加广泛,有造物主、天神、世界主宰者等多种含义。

[②] 冲金迪:柯尔克孜语,意为"大疯子"。

第二回

少年玛纳斯驱逐外敌
众乡亲拥戴登上汗位

  为了摆脱卡勒玛克人的监视，加克普把家搬到了巴里坤山林里，那里几乎没有卡勒玛克人。玛纳斯平安地长到了六岁。他开始替父亲放牧。玛纳斯是个心地善良的人，他经常会将家里的粮食和牲畜悄悄分给那些放牧的人。看到牲畜的数量每天都在减少，加克普心里极为不快，对着玛纳斯不是发牢骚就是叫骂，父子俩为此经常争吵。

  这一天，和父亲争吵过后，玛纳斯一气之下决定离开吝啬的父亲。他独自来到了吐鲁番。当他四处游荡，不知道何去何从的时候，在路上巧遇父亲的老朋友喀拉诺奥依和其子玛吉克。

  喀拉诺奥依早已听说过玛纳斯出生的传闻，看到眼前的英雄玛纳斯，他有一种拨云见日的欣喜。他让玛吉克和玛纳斯结拜为兄弟。

  在玛吉克家住了一段时间，快到播种麦子的季节了，细心的玛纳斯发现这里没有水，而只有深井，那些清亮的河水都在地底下流淌而过。他和玛吉克齐心协力，召集了一些人，挖地掘井，给干旱的地里引来了地下水。小麦获得了丰收。喀拉诺奥依老人十分赞赏孩子们的聪明和能干。

加克普听说儿子在吐鲁番的老朋友喀拉诺奥依处，就赶了过来。他将玛纳斯收割的那些金黄的麦子陆续用六十峰骆驼驮回巴里坤。加克普满载而归，临走时对诺奥依许下诺言，说明年让他搬到草原。

加克普回到巴里坤的家中，带上五十峰骆驼的麦子和金银财宝、奶酪和酥油，向秦格什的驻地仲康走去。他希望能够用这些财物换取汗王的地位。

来到秦格什的地盘，他等了三天也没得到秦格什的召见，他有些按捺不住，只好自己来到秦格什汗的帐下，低声下气地问安："尊敬的秦格什汗，您的贵体是否安康？我们全体柯尔克孜人都对您表示衷心的思念。请秦格什汗接受我五十峰驼峰的礼物。"

秦格什一听送来那么多礼物，两眼一亮，问："你有什么要求尽管说吧。"

加克普心中窃喜，继续说道："在阿克托阔依的时候，卡勒玛克人每天都来骚扰，我的马群数量无法增长，为了躲避他们，我只好搬到了巴里坤。我无法忘记布茹勒托海，为了投靠您才搬到这安身，与诺奥依汗王成了邻居，成了他的副汗。但这个副汗徒有虚名，对我毫无益处。我希望秦格什汗能加封我为汗王。"

秦格什听完加克普的话，毫不客气收下了他带来的所有财物，把从布茹勒托海到恰甘这两地中间的宽广地域统统划给了加克普，任命他为这一地区的汗王，将委任状发给了他。

加克普通过用大批的财富和儿子辛苦种的麦子贿赂秦格什，终于实现了自己的愿望，成了名正言顺的汗王。有一天，他出去散步，在秦格什汗的马圈里，发现了一匹灰白色的瘦弱小马，他立刻想起巴勒塔的话："有一匹神骏必将成为玛纳斯的坐骑，但这神骏在秦格什的马圈里，特征是，浅黄色的身上长满灰白色胎毛，体格如一头中等的毛驴，前腿如同打羊毛的木棍一般粗细，它的眼睛隐含果敢坚毅，它还没发育完全，没人会识别它是神骏。如果秦格什问你要什么，你就说要这匹小马。"可是看着眼前这匹瘦弱的小马驹，加克普暗自揣度："这怎么可能是一匹飞奔战场的战马呢？"

可是加克普还是跟秦格什汗张了口："尊敬的秦格什汗，如果您问我想要什么，我只想要你马圈里的那匹灰白色小马。"

"加克普，你怎么看中这匹瘦弱得没人愿意要的小马驹了？"

"不知道。我看那匹马很小也很老实，比较适合送给我那胆小的女儿当坐骑。"

秦格什听了，说："好吧，那就送给你了。"

加克普拱手谢过，告别了秦格什，从马圈里牵出灰白色小马驹，快马加鞭，头也不回地带上那匹小马驹和骆驼队搬往布茹勒托海。

秋天很快到了，加克普又要前往吐鲁番。临走的前一天晚上，他跟妻子绮依尔迪聊天，说："巴勒塔居然说那瘦弱的小马是神骏，我怎么看不出来？"

绮依尔迪听了，慢慢地说："加克普啊，自从灰白色马驹来到这里，我的乳房就胀疼难忍，乳汁流淌。我多次想对你说，我想挤出我的奶水，拌上小麦来饲养它。这也许是一匹神奇的骏马，是专门为你的儿子所生的呀！"

加克普听了哈哈大笑起来，说："夫人啊，你居然说你的乳房为一头牲畜胀疼，天底下哪有这般事情？你现在把奶水挤出来，我要亲自验证。"加克普的话音刚落，只见一股乳汁溢出绮依尔迪的乳房，加克普慌忙拿起大碗来接住。那是一碗象征同乳兄弟的乳汁，要拿去喂养灰白色小马驹了。绮依尔迪感到还有一些乳汁留在了乳房中，她寻思道："难道还有什么人要与玛纳斯成为同乳兄弟吗？"

加克普不作声，只是用乳汁拌着麦子，端到马驹面前，慢慢送到它嘴边。好像以前就熟悉此味一样，马驹蠕动着嘴唇贪婪地吸吮着，像个饥饿的婴儿。看到马驹这样，绮依尔迪肯定地说了一句："阿克库拉和玛纳斯是同乳兄弟！"加克普面对眼前奇异的情景和夫人的话百思不得其解。

这个时候玛纳斯决定骑上父亲加克普的坐骑和玛吉克一道去找母亲绮依尔迪。

绮依尔迪在家中也预感到玛纳斯会回来找她，她一直在默默地等待儿子玛纳斯。当她看到日思夜想的儿子突然来到身边，激动得热泪盈眶，她感觉像在做梦。

玛纳斯休息了两天后，母亲带她来到了那匹灰白色马驹跟前，说："你父亲从秦格什那里牵来了它，你舅舅巴勒塔曾经说它是上天赐予你的神驹，我也验证了它是你的同乳兄弟。现在，把它交给你了。"

神驹看到玛纳斯后，立刻精神抖擞，扬鬃长嘶。当玛纳斯

过去抚摸它的时候，那些一直没有脱落的胎毛从头到尾全部褪去，浑身上下像缎子一样透亮、闪耀。在从前的时间里，这匹神驹一直在静静地等待英雄玛纳斯。它是上天早就给玛纳斯安排好的坐骑。

玛纳斯拥有了自己的坐骑，显得异常兴奋，迫不及待地问母亲："巴勒塔舅父在哪？"虽然心里对儿子有太多的依恋和不舍之情，但是，绮依尔迪知道，儿子玛纳斯是要做大事的，不可能让他陪伴在自己身边，她说了巴勒塔的住处，并且嘱咐玛纳斯："你不要白天去，最好在黄昏前往，等入夜时正好到达那里，你舅父在一个很小的地方存身，他们也一直在卡勒玛克人的监视下生活。"

黄昏时分，玛纳斯跟母亲道别后，带上玛吉克，骑上自己心爱的坐骑，去找舅父巴勒塔。巴勒塔苦苦等了九年，他每逢黄昏都会坐在一块巨石上眺望远方，望眼欲穿，终于等到了玛纳斯。他掩饰住内心的激动，沉着冷静地在一个山洞里藏好玛纳斯和玛吉克的坐骑后，带着两个孩子来到了自己的毡房。巴勒塔之所以这样小心谨慎，是因为卡勒玛克人的占卜师也同住在一个村落，如果让他发现了蛛丝马迹，就会引来很多麻烦，事情将会很糟糕。

晚上，巴勒塔跟外甥玛纳斯促膝长谈。他为玛纳斯伶俐的口齿而感叹。他告诉玛纳斯："你的目标是正西方稍微向南，最终目的地是撒马尔罕。在撒马尔罕的北边，有个叫别勒萨孜的地方被卡勒玛克人侵占了，你的两个叔叔加木格尔奇和什哈依住在那里也被他们监视，你的百姓就在那里生活，你要见机行事，千万不要轻举妄动。我们所说的一切，你要保密，千万不要向外人露底。这关系到我们柯尔克孜人今后的命运。"然后又向玛纳斯诉说了柯尔克孜人的所有遭遇。同时又提醒道："我已经让我的儿子去为你向布达依汗索要一件刀枪不入的战袍，过一阵子他就会拿着战袍率领二十位勇士和你会面。你明天黄昏就上路，千万别让加克普追来挑起事端，他目光短浅心胸狭窄，他会认为你是没有长大的鹰，不会让你擅自行动。我认为你完全可以成为一只雄鹰。你去找巴卡依老人，他会全力协助你的。孩子，你大胆地去做你需要做的事吧，库达依会保佑你的！"

舅父巴勒塔的一番话给了玛纳斯很多自信和力量，他感觉身上有一股使不完的劲。他给神驹安上了巴勒塔早已准备好的纯金马鞍，穿上了舅父特意给他准备的箭矢射不透的战袍，带着巴勒塔的嘱托，骑着威风的神马和玛吉克一起上路了。他俩没用多久就爬上了康西别尔山的大坂。在大坂上放眼望去，看到的是一马平川的草原，入夏以来，羊群都在这里抓膘，这里堆满了几层粪蛋。

可是在这里，玛纳斯和玛吉克却遭遇了卡勒玛克人，双方陷入了混战。玛纳斯以狂风横扫落叶之势，一路斩杀了五十多个卡勒玛克人。到最后只剩下了朵杜尔和阔克却阔孜二人。

阔克却阔孜看着眼前发生的一切，目睹了玛纳斯和众勇士的神勇，他感到心惊胆战。多少年来，都没有发生过今天这样的事情，也没见过今天这样的场面，他暗想："如今的柯尔克孜人怎么突然变得如此锐不可当？我必须赶紧撤离，否则性命难保。"他骑马逃去，想回去向头人阿牢开禀报这里发生的一切。

混战中玛纳斯已经显露出了卓然的领袖风范,他召集身边所有的人,让他们严守秘密,不许外露半点风声。

当玛纳斯他们与敌人搏杀的时候,他的同祖兄弟阔绍依正带领八十个勇士在山中狩猎。阔绍依一直坚守撒马尔罕,他心中一直埋着一个不为人知的愿望,就是早日与玛纳斯相见。他深信,只要巴勒塔活在人间,各路英雄的汇集之地就是撒马尔罕。虽然陶醉在狩猎的欢乐之中,英雄阔绍依心中依然没有忘记他等待的英雄,目光再一次投向了高高的山峰。正在此时,身材魁梧高大、只有九岁的玛纳斯骑在阿克库拉马上朝这边飞奔而来,玛吉克策马紧随在他身后。阔绍依凭直觉已经肯定了那就是他日思夜想的英雄玛纳斯,他终于来了。阔绍依禁不住热泪盈眶,两位英雄的手终于紧紧握在了一起。

玛纳斯在阔绍依那里住了九天九夜,他们商量好复仇大计。玛纳斯便告别大哥阔绍依,带着玛吉克继续向撒马尔罕的方向飞奔而去。路上,他们又一次与卡勒玛克人发生了厮杀,卡勒玛克人面对英勇的玛纳斯,惨败而归。玛纳斯,这个九岁的少年刚一出山,就显现了他力拔山兮气盖世的无敌英勇。

可是这样一个大英雄,却没有称手的兵器,柯尔克孜族瘸腿匠人波略克拜心有不甘,经他精心打造,加上加木格尔奇和什哈依率领的五千勇士,夜以继日地为玛纳斯的武器劳作,终于在两年后,波略克拜给玛纳斯造出了阿恰勒巴热斯的双刃宝剑、阿克凯勒铁枪、色尔矛枪和月牙战斧。巴勒塔的独子楚瓦克到哈萨克汗王布达依克处取来了由喀拉汗王后，也就是后来成为玛纳斯妻子的卡妮凯的母亲缝制的阿克奥勒波克战袍。少年玛纳斯被全副武装起来，更加英姿飒爽、威风凛凛了，一袭白色战袍，恍然如同月亮战神下凡。看着眼前的玛纳斯，众人眼前一片闪亮。

柯尔克孜人向卡勒玛克人复仇的战斗就要打响了，巴勒塔已经在暗中悄悄让所有的柯尔克孜人做好了战前的准备工作，为了不让那些公畜发情打斗惊动敌人，他们阉割了那些好斗的公畜。他的号召力和威望在柯尔克孜人中是无与伦比的，他让自己唯一的儿子楚瓦克带领了二十个勇士跟随玛纳斯左右，所有的勇士都带领了自己精挑细选的手下，成了玛纳斯的得力助手，这就是青鬃狼玛纳斯四十名勇士和四百八十名士兵的起源。勇士们用马血盟誓："谁若背叛誓言，惩罚他的就是箭矢和火枪的子弹。"

撒马尔罕即将要成为血腥的战场了，所有羸弱的、没有战斗力的柯尔克孜民众都被护送转移到奥什和纳曼干地带，那里是安全的地方。

善良的瘸腿匠人波略克拜也要收拾行囊启程了，他向巴卡依和玛纳斯道别，他没有要一分金银，只是真诚地对玛纳斯说："你是雏鹰，我是老人，你的矛头不会生锈。从今往后啊，英雄玛纳斯，你就是民族的领袖。你可要为民族赢得尊严呀！"

玛纳斯也紧紧握住波略克拜的双手，以示自己战胜敌人的决心。

在奥诺孜都的红色大纛上，赫然印着金色的玛纳斯的大名。从四方召集的兵马总共有三万多。玛纳斯已经向卡勒玛克的一个

首领空托侬发了战书。卡勒玛克兵强马壮，早已聚集了六万兵马准备迎战。

由于玛纳斯年少，巴卡依汗王德高望重，由他首先统领全局。

两军对垒的地点选在了别勒萨孜山下的大草原上。一场腥风血雨的厮杀就此拉开了帷幕。柯尔克孜人如波涛汹涌的洪水，个个兴奋异常，摩拳擦掌，毫无畏惧，他们的呐喊声惊心动魄，那是积压了多少年的声音，一下爆发出来，如同惊雷轰响，震耳欲聋……

由空托侬率领的卡勒玛克人像铺满大地的甲虫，黑压压地蜂拥而来。空托侬是个杀人不眨眼的恶魔，他每天都是在人血里掺着方块糖畅饮。他手中的狼舌长矛无人能抵挡得住，多少英雄都惨死在他的枪下，他号称天下无敌。对于玛纳斯，他根本就没放在眼里，何况又是一群未成年的孩子，他藐视地望着前方。他没想到的是，刚开战，他的两员猛将就死在楚瓦克的手里，这下激怒了他。他挥舞着长矛向楚瓦克冲过来，一下将楚瓦克从马背上掀翻在地。他随即嚣张地喊道："看吧，这就是所谓的柯尔克孜勇士，不要浪费我宝贵的时间，真正的勇士赶紧再上来与我交战。"

这时，玛纳斯早已气得脸色发青，色尔矛枪在他的手中愤怒地舞动着。玛纳斯上阵的时候到了，他带着前辈们的重托，带着柯尔克孜人的希望，伴随着将帅们的祝福声，高喊着："玛纳斯，玛纳斯，玛纳斯！"举着色尔矛枪冲向空托侬。奇迹在往前狂奔的玛纳斯身上出现了：有一个七八岁的神童，额头上有一枚

闪光的红痣，赤裸着身体，手中牵着英雄的马缰；在英雄的马镫下面，有两只灰色的神兔，伴随英雄向前跳跃奔腾，神情和姿态十分动人；两只有着红色斑点的猛虎，在骏马两旁一路狂奔，俨然在为玛纳斯保驾护航，这类人见人怕的猛虎却成了玛纳斯最忠实的伙伴。还有更神奇的事情，一条粗壮的巨大蟒蛇缠在玛纳斯腰中，将头伸向前方，见到巨蟒的人吓得尿了裤子。

玛纳斯的相貌此时才真正地显露出来了。从后背望去，他有白虎般的雄伟；从正面审视，他有巨龙般的神威；从头顶俯瞰，他有着阿勒普喀拉神鸟的光辉；他的喊声会超过四十头雄狮的同声怒吼。柯尔克孜人为他们能诞生这样的英雄而感到自豪和骄傲。

双方勇士展开了拼杀，场面动人心魄。高山被他们砸得粉碎，战场飞沙走石。空托依因为久经沙场而狂妄自大，暗暗发誓要将玛纳斯的首级带回去领赏。突然，天空响起"玛纳斯"的吼声，震撼人心，空托依有些慌张，玛纳斯挺枪飞腾，瞅准机会向对方的软肋戳了过去，将空托依挑下了战马。卡勒玛克人看到统帅被刺杀了，立刻乱了阵脚，四处逃散，没了队形。巴卡依见此情景，果断发出总攻的命令。勇士们乘胜追击，空托依的军士已经被追杀得差不多了，柯尔克孜人依然高喊着："斩尽杀绝，不放过一个卡勒玛克人！"玛纳斯听到了卡勒玛克老百姓的哭喊声和求饶声。他对巴卡依说道："我们不能让我们柯尔克孜百姓受到的灾难在卡勒玛克百姓身上重演。首领的罪行凭什么要让平民百姓分担？放过那些可怜的老百姓吧，他们是无辜的。"

巴卡依听到玛纳斯的这番话倍感欣慰，露出了舒心的笑容：

这才是真正的王者风范，这才是柯尔克孜人真正的领袖和统帅，在不远的将来，他必定成为一代英明的、受人爱戴的汗王！

战斗结束了。

按照固有的传统，遵照先祖的礼仪，铺开一条宽大的白毡，请雄狮玛纳斯坐到洁白的毛毡中间。由七十名勇士抬起白毡，将他稳稳地放到宝座上面。

"我们又有了自己的汗王！"这声声呼唤荡气回肠，飘扬在柯尔克孜人的上空。人们上前对着玛纳斯顶礼膜拜。在场的人们欢呼雀跃，各类飞禽漫天飞舞，遮住了光芒四射的太阳……

年少的玛纳斯登上了汗位，从此开始收复失去的家园，开始了他漫长而英勇的征战生涯……

第三回

为解救苦难同胞
玛纳斯率部远征

玛纳斯登上汗位以后，首先战胜并杀死了驻扎在纳伦、残酷统治中亚一带的阿牢开，使广大柯尔克孜人和与之结成同盟的哈萨克部摆脱了卡勒玛克人的统治，然后又出兵讨伐了与阿牢开勾结的中西亚浩罕等部，使之成为柯尔克孜部的附属，也保障了喀什噶尔等塔里木诸部的稳定与安全。又过去了若干年，玛纳斯迎娶了美丽的妻子卡妮凯，他已成长为一个高大威猛的青年，在他的保护下，柯尔克孜人享受到了难得的和平安宁。同时他又和克塔依王子阿勒曼别特结为同乳兄弟，并且组成了以内七汗和外七汗为中心的巨大的部落联盟阿拉什部[①]，可是柯尔克孜人与卡勒玛克人的怨仇仍在继续。

阿牢开死后，其长子空吾尔巴依已长成可以与玛纳斯抗衡的强大的敌手。他不仅统治着卡勒玛克人，而且又统治了克塔依

---

① 阿拉什部：是由柯尔克孜部、哈萨克部及其他部组成的部落联盟的总称，亦称阿拉什人。

人，并占领克塔依人的京城，进一步与柯尔克孜人为敌。

空吾尔巴依是个心狠手辣的家伙，他背负杀父之仇，对玛纳斯恨之入骨，经常派出兵马抢劫生活在周边的柯尔克孜和哈萨克人，见财物就抢，见人就杀，并且暴尸荒野，那些生活在边境的阿拉什人饱受苦难。整整过了十年，当一批被俘虏的阿拉什人伺机从空吾尔巴依的大牢中逃回到柯尔克孜人的领地时，玛纳斯才知晓此事，为此，他愤怒之极，他回想起阿牢开历来的行径，计算着卡勒玛克人所犯下的累累罪行，想到不少苦难的同胞还在空吾尔巴依的皮鞭下做奴隶，有的还在牢狱之中受苦刑，英雄汗王寝食难安，心急如焚。他想，同胞们在敌国受苦受难，自己身为汗王怎能坐视不救，不能为同胞解除苦难，汗王活着还有什么意义？他打定主意，刻不容缓，要立即率大军向别依京①发起远征，解救苦难的同胞。

他召集离他最近的内七汗一起商议远征的事情，没想到，几个汗王一听到远征空吾尔巴依，都离座告辞了，只剩下了阿勒曼别特、楚瓦克和克尔葛勒为首的四十个勇士和巴卡依老人。玛纳斯见状勃然大怒："这些下贱的诺奥依人啊，看到自己的同胞受到欺负居然不管。"

巴卡依老人紧握玛纳斯的手说："英雄啊，不要动怒，耐心听我说，你的百姓正因为有了你的庇护才会安居乐业，无忧无虑地生活。你若执意远征别依京，我们一定会支持你的。只是，你

---

① 别依京：原是喀拉克塔依（西辽）的都城，后被卡勒玛克蒙古人所占领，成为卡勒玛克人的都城。

要考虑好，远征的路很漫长，来回得要十二个月的时间。你必须通知更多的汗王加入进来，扩大我们的队伍，让柯尔克孜人的队伍浩浩荡荡向别依京进发。"

巴卡依列出了那些汗王的名单。阿吉巴依站出来，自告奋勇地说道："玛纳斯汗，我负责去通知那些汗王，我会拿着你的密令，快马加鞭，马不停蹄，二十天内，我一定赶回宫内。"

玛纳斯同意了他的请求，他为身边有这样的得力助手感到欣慰。

当东方露出霞光时分，阿吉巴依已经怀揣玛纳斯的密令出发了。一路上，他很顺利地通知了几个汗王，并告知七天内必须赶到玛纳斯汗那里，否则会受到严惩。阔绍依等几位汗王欣然领命。

而当他来到哈萨克汗王玉尔毕的领地时，不见一个人影，却有九十只恶犬对着他狂吠，他生气地举起马鞭，朝扑上来的恶狗竖劈横扫，赶走那些猎犬。他径直走进玉尔毕的毡房，看到玉尔毕正睡在被窝里闭目养神，旁边坐着他的老婆节孜碧莱克，十分傲慢，对阿吉巴依视而不见，不理不睬。

从清晨等到太阳落山，依然不见玉尔毕起来，阿吉巴依索性拿出黄铜烟锅猛吸了一口，浓烟滚滚冲出窗外，人们以为失火了，在外面纷纷叫嚷起来。玉尔毕被烟熏得够呛，从被窝爬起来，假装刚看到阿吉巴依，破口大骂道："你这个多嘴的奴才，又给我带来什么坏消息？你一到来就没好事。在阔阔托依的祭典上，是谁让我脸面丢尽？我没见过玛纳斯那样的英雄，也没见过你这样的小人。"说着抓起一把利剑。

英雄的阿吉巴依哪里受到过如此的侮辱和怠慢,如果不是肩负汗王神圣的使命,他早拔出了宝剑。可是现在,他必须忍受一切屈辱和不敬。阿吉巴依没有说什么,为了汗王的事业,他咬紧牙关屈膝跪在地上,双手将密信举过头顶呈上,说:"这是玛纳斯汗给你的密信。"他足足跪了一顿饭的工夫,玉尔毕才慢条斯理地打开信看,信中这样写道:"兄弟间生气只是在嘴上,心里哪能记仇?十四位汗王都要去远征,看你是否愿意参加。如果我们顺利地打败空吾尔巴依,你也有坐上别依京汗王宝座的可能。"看完信,玉尔毕陷入沉思,满面羞愧地扶起阿吉巴依说:"亲爱的阿吉巴依,快起来,这绝非一般的小事,十四位汗王全体出征,我怎么可以留下?我也一定在七天内赶到玛纳斯汗王那里会合。"

阿吉巴依完成任务后很快返回到塔拉斯宫廷。迎面碰到了王后卡妮凯,他告诉了卡妮凯通知汗王远征的事,让她转告玛纳斯。卡妮凯是一个贤慧并且有先见之明的女性,她对玛纳斯的此次远征有些担心。

大家都在为远征做着充分的准备,并一致选举巴卡依为全军统领。

一切准备就绪,明天大部队就要踏上征程。王后卡妮凯也做好了相送的准备,她那双美丽和聪慧的眼睛满含泪水,目送着玛纳斯踏上了远征之途。

队伍浩浩荡荡,雄壮威武,前锋如同燃烧的烈火,涌进了塔布勒格山谷。

队伍中，阿勒曼别特的存在给那些汗王带来了许多信心，玛纳斯确认，只有熟悉情况又有很高的军事才能的阿勒曼别特为统帅，远征才可以成功。他趁机派人去询问巴卡依是否愿意让出总领全军的权力。巴卡依老人早有预料，他高兴地说："阿勒曼别特是盖世英雄，比我亲生儿子还要亲，要我给阿勒曼别特让出帅印，我举双手赞同。"

于是，阿勒曼别特掌起了远征的大印。路上，他们与一拨卡勒玛克的军队遭遇，展开了激战，在阿勒曼别特的率领下，战斗速战速决，敌人被一扫而光，队伍重新踏上征程。

阿勒曼别特对队伍要求很严格，他将队伍以千人、百人、十人编队，并任命了千人长、百人长、十人长，以逐级管理部队，他说："谁若是丢失了自己的士兵，我就要追究首领的责任。"远征的队伍本来就很疲乏辛苦，加上他管束严格，有的人吃不消了，尤其是四十勇士之首的克尔葛勒恰勒，他对着玛纳斯大发牢骚："该死的玛纳斯，你居然让一个流浪汉掌握兵权，给我们的士兵带来无穷无尽的灾难。我们的身体可不是钢铁铸造的，我们要吃要喝要休息，我活了六十岁，从未受过这非人的煎熬。阿勒曼别特实在阴险，他想把我们活活累死在这个荒郊野岭。"

玛纳斯听了怒不可遏，对克尔葛勒恰勒痛加斥责："难道不许你们像山羊一样随意乱窜，不让你们睡到中午，不让你们在行进的途中用餐，你们就不愿意了？我们已经命悬一线危机四伏，随时都可能遇到敌人，我们将士无论老少，都要经受征途的艰辛考验，否则如何才能获胜凯旋？"但他还是采纳了克尔葛勒恰勒的意见，命全军安营扎寨。

一连休息了六天六夜，士兵们才纷纷起身。

渡过河水，四十多个勇士在玛纳斯和阿勒曼别特的带领下，来到了湖滨附近的一个岩石山冈上，悄悄埋伏在那里，他们要在这里消灭空吾尔巴依布置的禽兽哨。当太阳升起的时候，神秘的野鸭探出头来，四处张望，它一眼就看到阿勒曼别特并且认出了他，因为很早以前阿勒曼别特亲手喂养过这只神秘的野鸭。野鸭压低身体悄悄地趴在泥潭的苇丛里面。

阿勒曼别特走到湖边，对同伴们说："勇士们，你们把火枪的子弹全部上膛，要把霰弹装满，湖中只要飞走一只野鸭，我们就会非常危险。"说完，他敲响了克塔依式的战鼓，那声音响彻云天，只见湖面上那些受惊的野鸭全部飞上天空，遮天蔽日的一片。枪声、箭声也响成一片。野鸭全部被射死跌落湖中，没看到逃走一只。阿勒曼别特悄声对站在身边的楚瓦克说："不对，我感觉还有一只白色野鸭在哪隐藏着，这只该死的野鸭非同寻常，它会给我们带来巨大的灾难，它绝对藏在那根芦苇后面。你脱掉靴子，悄悄过去抓住它的翅膀千万不要放开，如果它飞上天，我会将它射死。"

楚瓦克不听阿勒曼别特的命令，顶撞说："我又看不到芦苇中的野鸭，你懂得野鸭的习性，你怎么不自己去抓？它要飞上天，我来射它也可以呀。"

阿勒曼别特没办法，只好自己脱掉衣服，光着脚，摸索着向野鸭慢慢靠近，狡猾的野鸭已经发现了阿勒曼别特，它伺机想要逃跑。野鸭在水中行动自如，将阿勒曼别特折腾得都快被水没过脖颈了。由于湖底凸凹不平，他无法拉弓搭箭射杀野鸭。野鸭飞快地向楚瓦克的马肚下钻去，然后游到马尾边，一下飞上了蓝天，四十个勇士没有一个人发现，阿勒曼别特一直在水中寻找，也没发现其踪迹，他无计可施，差点就要绝望了。只听一声枪响，白色野鸭被击毙了。原来是巴卡依老人发现了飞入云端的野鸭，用火枪将野鸭打落。阿勒曼别特欣喜若狂，从水里飞奔过来。

巴卡依老人牢牢记住了阿勒曼别特说的那只白色野鸭的特征，他手里一直握着火枪，目不转睛地严密监视着湖水上空的动静，突然看到一只白色野鸭腾空飞起，他立刻瞄准开枪了。听到枪声，玛纳斯也赶了过来，他不明白发生了什么事情，只看到阿勒曼别特光着身子光着脚匆忙跳下马背，俯身提起那只野鸭后愁容顿消，他朝野鸭吐了几口吐沫，把它捆绑在了汗王的鞍鞒上。楚瓦克抱着阿勒曼别特的衣服和靴子也跑了过来，神情显得非常尴尬，不知道该说什么。阿勒曼别特穿上衣服，极其大度地说："英雄，咱们走吧！第一道暗哨清除了，我们去休息一下，吃点东西，后面还有好几个暗哨，我们丝毫不能大意。"

吃饭的时候，阿勒曼别特默默不语，他在想着如何对付那只为空吾尔巴依放哨的白色大头羊。

那只白色大头羊每六天上图云巧克高峰观望一次，在上面，它可以发现四周所有的动静。阿勒曼别特计算好白色大头羊上山的时间，跟大伙说："我计算了一下时间，今晚我们要连夜赶路，明天一早爬上高峰。我们必须在白色大头羊登上高峰前除掉它，否则，它会通过那里看到我们的大部队。如果被它发现，它会跑得飞快，给空吾尔巴依通风报信的。"

阿勒曼别特把勇士们分成九组，分别看守九条峡谷河川。有一个叫琼阔勒特的山谷，那是白色大头羊唯一的逃亡之路，由玛纳斯把守；还有一条能够轻易通过的山路，被称作铁提尔吉勒葛峡谷，由巴卡依老人负责把守。他再三重复着大头羊的特征：那是一只通体长着暗灰色短毛的公盘羊，羊角上安装着闪亮的铁丝线。

阿勒曼别特和楚瓦克一组，他对楚瓦克说："尊敬的楚瓦克伙伴，你与我一起去堵截住大头羊上山的路，争取在它上山前将它击毙。你们不要胡乱开枪，最好是轮流射击，无论谁射中大头羊，都不要将它的头颅立刻砍去，要把它的头朝北，放在原地上。"

吩咐完毕，两位英雄骑上马迅速来到了山前，下马后，悄悄地攀上陡峭的山崖。此时天边泛起一片白光，黛眉似的曙光透出云端，照向大地，一阵阵凉风拂面吹来。如果有人来到这里，会发现这个黄色的沙漠有许多鸡蛋大小乳白色的鹅卵，踩上去会发出鸣响，就像拨动库姆孜琴[①]弦，声音会传到很远的地方。克塔依人为了传递信息，竟然将沙漠改造成这等模样了。

阿勒曼别特感觉那只神秘的大头羊在一棵老松树后面睡觉，他一边脱靴袜，一边嘱咐楚瓦克："我慢慢靠近大头羊，设法夺它性命，你就在这守着别动。"

---

① 库姆孜琴：柯尔克孜族独有的弹拨乐器，有蒙革和不蒙革两种。无论男女老少，几乎人人都会弹奏，是民族的标志。

楚瓦克看阿勒曼别特匍匐前进，他也跟随在他身边匍匐前进，说道："你不要把我扔在一边，射杀大头羊也有我的一份，我会全力以赴，我的猎物从来不会从我手里逃生。"他不听劝，坚持要与阿勒曼别特并行。阿勒曼别特没有办法，说："大头羊很有灵性的，我们一起过去，会被它发现的，如果那样，我们的努力和艰辛就等于白费。要不你慢慢靠近它吧，记住，一定要慢慢地匍匐前进，千万不要被它发现。我在这守着。"

楚瓦克慢慢过去后，看到那是一棵巨大粗壮的老松，根本看不到大头羊的影子，他拿不定主意，也忘记了阿勒曼别特的话，站起身来，向四周巡查，就在这个时候，大头羊发现了他。那是只狡猾的公盘羊，它暗暗思量："这个笨蛋不停地张望，他们肯定是已经设下圈套把我包围了，我必须逃走。"它摇晃着脑袋，左顾右望，显出眼观六路、耳听八方的架式，窥测着方向和机会，准备夺路逃窜。看到松树枝在轻微晃动，楚瓦克也发现了大头羊，他屏住呼吸，把枪架到岩石上，随时准备把猎物射杀。

大头羊果然撒腿向山路上飞奔而去。楚瓦克瞄准它，"啪"的一枪朝大头羊射去，子弹擦过大头羊的左腹，一块毡帽大小的皮毛脱落下来，受惊的大头羊慌忙跳下深谷。

阿勒曼别特光着脚匍匐前进，手中端着火枪，睁大眼睛望着前面，他看到楚瓦克像一个放跑猎物的射手，呆呆地站在那里不知所措。大头羊则拼命地逃跑，眼看就要跑进前面不远处的一个山洞里。"让它跑进那个山洞就坏事了。"阿勒曼别特光着脚，踩着如刀的岩石，不顾一切地向大头羊追过去。大头羊看有人堵截，进不了山洞，就改变了逃跑的路线，像旋风一般跑上了一条崎岖小路。阿勒曼别特心急如焚，拼命追赶，双脚被锋利的岩石划破，鲜血直流，他忍着那钻心的疼痛，像展翅高飞的雄鹰，紧追不舍。

大头羊跑过了三条峡谷，最终被阿勒曼别特截击，一阵微风吹来，大头羊闻到了他身上的气息，掉转头向阴坡一路飞奔去。阿勒曼别特立刻取下火枪架到岩石上瞄准，神枪手怎么能让猎物逃生，一颗弹丸直射进大头羊的脖颈。看到大头羊倒下，他松了口气，高兴地想上前去看看，可是两只血肉模糊的脚怎么也动不了了，似乎被什么东西钉在地上一样。这时，巴卡依老人听到枪声早已闻讯赶了过来。"楚瓦克，这都是你这个不听话的混蛋干的好事。"阿勒曼别特大喊一声，仰面倒在地上，脸色蜡黄，表情极其痛苦，他的脚板上血肉模糊，鲜血直淌，脚筋已经断了数根，白色的骨头也暴露了出来，惨不忍睹。看到巴卡依老人，阿勒曼别特满心的委屈："尊敬的巴卡依大伯，我已经将大头羊射杀倒地，我现在动不了，都是因为楚瓦克不听指挥造成的。现在麻烦你按照规矩，让大头羊头朝北方，平躺到地上。别损坏它的身体。我要用它的鲜血治疗我的双脚。"

巴卡依老人听了一刻也没犹豫，按照阿勒曼别特所说，骑在马背上弯腰将大头羊提起来，头朝北方，平放在地上，用刀子割断它的喉管，接住大头羊的血涂抹到阿勒曼别特的双脚上。神奇的事情发生了，鲜血还没有干，阿勒曼别特双脚上的伤口渐渐愈合，居然可以迈开步行走了。玛纳斯汗带领众人也匆匆赶了过来。楚瓦克吹着口哨牵着马悠闲自得地走过来，他以为大头羊已经被他射中掉入深渊了。看到阿勒曼别特的双脚，他不解地问：

"你到底干了什么？怎么把双脚放在血中浸泡？"

阿勒曼别特说道："楚瓦克啊，你打偏了，大头羊差点跑进山洞，要是它跑进山洞，我们的计划就全部泡汤，远征也注定要失败。我为了追它把双脚的脚筋骨都跑断了，幸亏涂抹了大头羊的鲜血，才避免了伤残。"他又让人取下大头羊的苦胆倾倒在伤口上，很快将流淌的鲜血凝固住了。楚瓦克看到此情景，羞愧难当，站在一旁不知该说什么了。

阿勒曼别特一边治伤一边告诉大家："我跟你们说一下白色野鸭和大头羊的神奇妙用，无论哪位英雄，只要将白色野鸭的羽衣甩动三下，当成自己的外衣，别依京城的人就会误认为是空吾尔巴依，就会向他致敬，垂手而立。在我们攻打别依京时，它至少能发挥一次作用。把大头羊的皮晒干，做成裘皮大衣穿——它像我父王索然迪克汗的裘袍，真假难辨——就会拥有他的指挥权。我们可以借用他们的神力，至少可以打退敌人的一次进攻。接下来，我们必须要捕获到白狐，将它的皮绑在马鞍上，可以换取美丽的姑娘。白狐非常灵敏，若是被它发现，我们将前功尽弃，白狐善于变化，我们一定要紧紧将它盯住，不管它变成什么，我们都要将它识破。"

四十多个勇士们稍事休整，吃饱喝足后，立刻骑上快马，兴高采烈地出发了，他们相互提醒一定要小心谨慎，绝对不能放跑狐狸。他们一路悄悄潜行，找寻张望，不能发出一点声响，他们必须尽快发现狐狸的足迹又得躲避狐狸的视线。这次任务是艰巨的，也非常危险，但他们都充满了自信。

阿勒曼别特挥手示意队伍停止前进，他把勇士们分成小组，守住十个谷口。他说那只神狐变幻莫测，它会变成七种动物的形状，让大家一一记牢，不要放过任何一种动物。他和玛纳斯并肩前行，一边走一边说："玛纳斯汗，我们是同乳兄弟，也无话不谈，楚瓦克是个出类拔萃的英雄，只是他不太听我的话。假如这次打狐狸再出什么意外，我担心我们所做的努力都将付之东流。那只白狐非常狡猾，它会闻出我们的气味。这样吧，我先独自去打探，争取能杀死那只神狐，你们在这边接应我，如果发现它过来，你负责安排人消灭它。"说完他就催马飞奔而去。

阿勒曼别特深知狐狸的狡猾，不能硬来只能智取。他想起当年艾散汗[①]为了制服敌人，曾把铜铃埋在了沙坡上，敌人的兵马一旦踩上那铜铃，铃声就会传到六天路程远的地方，假如用锣鼓敲打，铃声就会变，从而让狐狸产生错觉，以为是穆拉迪勒前来巡视军情。主意已定，他从马鞍底下抽出一根铁杖，猛击埋着铜铃的沙冈。随着一声惊天动地的巨响，感觉山崩地裂了，有的胆小的士兵叫苦不迭，有人暗骂阿勒曼别特是只毒蝎："还没到别依京，我们可能就得跟亲人永别了。"奇怪的是，等阿勒曼别特再次举起手中的铁棍时，铁棍飞了出去，只剩下手柄握在他手中，他感到诧异，这是他无以得知的事情。只有抓住狐狸，才能明白其中的秘密。

那只神秘的白狐躲藏在洞穴里，它发现洞口的那片云雾不见了，开始怀疑这是阿勒曼别特施的法术，它也熟识阿勒曼别特，对他也充满了恐惧。它闻到了空气中的火药味，但是无法辨别从

[①] 艾散汗：克塔依的汗王，空吾尔巴依的盟友。

何而来。它暗自揣度："难道是阿勒曼别特来取我的性命？"想着，它就飞奔出山洞，嗅着火药味狂奔。忽然，它发现了些陌生的足印，辨别出其中有阿勒曼别特的神骏的马蹄印，它知道危险来临了，开始疯狂地冲下山冈准备逃生。

阿勒曼别特发现了逃生的白狐，他立刻奋力追击，白狐慌乱中居然跑进了由楚瓦克率领的勇士们的包围圈内，楚瓦克骑上骏马，挥动着长矛追赶狐狸，他神勇无比，戳出的长矛都是直入中心，而这次他从狐狸的侧旁出击，那架式似乎要狐狸立即倒毙。当他的长矛戳出去时，狐狸一个转身，长矛深深地插入了黄沙里，他以为已经把狐狸刺中，等他收回长矛仔细一看，连根狐狸毛都没沾着，狡猾的狐狸早已逃之夭夭，不知去向。

白狐躲过了楚瓦克的追杀，摇身变成了一只机敏的白兔，观察着四周，伺机逃跑。这时阿勒曼别特已经将它死死盯住，正在拉弓搭箭瞄准它，那兔子跑得飞快，如同射出的箭矢，一会就不见了踪影。结果它正撞进了玛纳斯的视线，他迅速上前围追堵截，那兔子蹦蹦跳跳跑得飞快，一溜烟儿又不见了，阿克库拉神骏只能凭感觉追赶着，连续越过了三条深涧，再没见到兔子的踪影。原来当阿克库拉神骏累得大汗淋漓将要追赶上兔子时，狐狸又变成了一只老鼠在地上悄悄潜伏着前进。白狐将玛纳斯蒙蔽，躲过了致命的追击。

三位英雄都为没追赶到狐狸而感到羞愧难当。稍微缓了一会，阿勒曼别特说："我们分头行动，不相信捕杀不了这只白狐。英雄们，继续吧。"

变成老鼠的狐狸逃得正得意，却撞到了英雄色尔哈克，它看到色尔哈克的神情，心里哀叹："他才是世上罕见的狐狸，我要落到他手里就完蛋了。"老鼠瑟瑟发抖，不顾一切地钻进沙漠试图逃跑，结果又遇到了楚瓦克，没想到楚瓦克对老鼠不屑一顾，他早已把狐狸变幻莫测的本领忘到脑后了。躲过了粗心的楚瓦克，老鼠窃喜，继续奔逃，结果又被阿克库拉神骏看到了，神骏用蹄子拼命地踩它，差点将玛纳斯摔到地上。无奈，狐狸又变成了一只乌龟趴在地上，而当玛纳斯上前来抓它时，乌龟立即又变成了一条巨蟒。"你以为变成巨蟒就能吓倒我吗？"玛纳斯紧握长矛毫不迟疑地对着巨蟒的脑袋奋力插了进去。巨蟒倏地从地面消失，一只刺猬在马前龟缩着身体，迅速爬行着准备躲藏起来。玛纳斯气愤至极，无法忍受这些骗人的把戏，寻思着对付狐狸的办法。他开始高喊着自己的名字，就像与强敌展开血战。

　　听到汗王玛纳斯的呐喊，意欲逃窜的刺猬心慌意乱，现出了狐狸原形。玛纳斯挥舞着长矛不停地刺向狐狸，越刺越猛，速度越快，狂风般飞动的长矛一下刺中了狐狸的腰部，肋条骨被刺得粉碎，狐狸跌倒在地，再也没有力气逃窜。没有让狐狸有半点喘息的机会，玛纳斯已经伸出长矛尖将狐狸的身体高高挑起来。阿勒曼别特看到挑在矛尖的狐狸，露出了欣喜的笑容，在这个胜利在望的时刻，其他人对他的猜忌和那些埋怨都算不了什么，不值一提，也不值得斤斤计较。大度的阿勒曼别特具有大海和草原一样广阔的胸怀。

　　就在这时，北方刮起一阵狂风，狐狸忽然复活了，似乎没有受伤，又开始拼命逃窜。原来，诡计多端的空吾尔巴依料到阿勒曼别特会来，为了避免秘密被他破解，他又为狐狸实施了神秘的

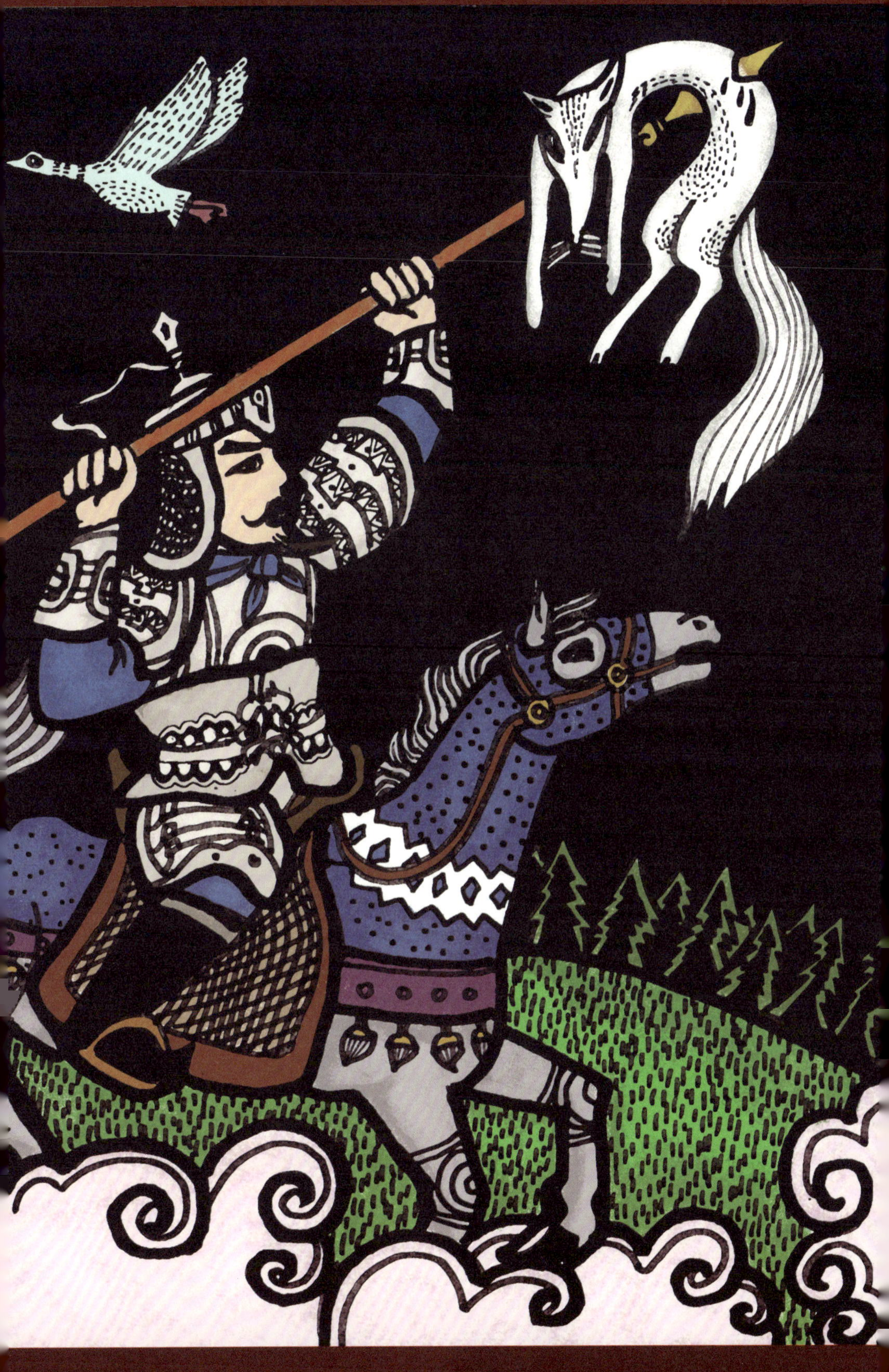

法术，只要大风吹动狐狸的皮毛，狐狸会立即复活，恢复神智，不顾一切地逃跑。

看到狐狸又逃窜了，玛纳斯催动阿克库拉神骏，舞动长矛紧追不舍，没等狐狸使出任何把戏，雄狮已经将锋利的矛尖狠狠戳入狐狸的心脏。这只被空吾尔巴依派出来侦察的狐狸哨被杀死了。以巴卡依为首的英雄们个个笑逐颜开，那只狐狸的皮是一件稀世珍品，阿勒曼别特请求玛纳斯将其收藏起来。

虽然阿勒曼别特成功清除了空吾尔巴依的禽兽哨，但是仍未能封锁住进军别依京的消息。一天清晨，空吾尔巴依一推开房门，突然一只雏鸭从空中摔了下来，落在了他的脚下。他伸手拾起来一看，不禁大吃一惊，原来这是他放出的禽兽哨，这表明玛纳斯的大军已经到了阔克却勒湖边，他的禽兽哨已被阿勒曼别特剿除，这是唯一一只逃命返回报信的雏鸭。原来当英雄们射杀飞出湖面的众野鸭时，有一只聪明的雏鸭并没有飞出湖面，而是将身体全部藏进了湖水中，逃脱了英雄们的捕杀。直到英雄们撤离之后，它才趁着黑夜飞回到别依京。到了空吾尔巴依的宫殿上空时，它的力气已经耗尽，从空中跌落下来。

空吾尔巴依感到了事态的严重性，他发疯一般敲响了宫殿左边的三十口大钟，又敲响了右边的三十口大钟。钟声惊天动地，这是战事危急时发出的调兵信号，大别依京、小别依京、边别依京，还有大坎屯、小坎屯整个潼夏六十座城市中的几十万大军，顷刻之间都会集到别依京城待命。空吾尔发出了迎接战斗的号召，率领着千军万马，浩浩荡荡地出了别依京城。他要把玛纳斯的大军消灭在进军的途中，绝不让玛纳斯的军队靠近卡勒玛克的首都别依京城。

双方的军队在阿加特河畔相遇，大决战就在河畔的平原上展开。

战斗进行得十分激烈，交战双方死伤都很惨重，空吾尔巴依在战场上失去了奥荣阔、包郎楚、交劳依等七员大将，他们都是长期跟随空吾尔巴依转战南北的无敌英雄。空吾尔巴依身负重伤狼狈逃命，艾散汗的几十万大军土崩瓦解，残兵败将逃回别依京城。玛纳斯率领大军乘胜追击，将别依京城包围得水泄不通。

纷纷扰扰的鹅毛大雪足足下了三天三夜，积雪已经掩埋到人的腋窝。这样的冰天雪地，战斗确实难以进行，艾散汗派出信使，向玛纳斯送来休战书，说等到来年开春以后，双方再在城下展开决战，并表示，只要玛纳斯解除对城市的包围，恢复城里城外人们正常的生活，玛纳斯军中的给养由他们提供。

玛纳斯同意了对方的要求，决定把部队撤离到附近的山边赤林中过冬。同时表示不需要对方提供给养，只求开放城里城外的市场，允许部队的人进市场购物，不得阻拦。双方达成协议，不仅城外市场开放，也允许玛纳斯的军需人员进城采购。

玛纳斯的部队在城外避风向阳、水草丰茂的山脚下扎下了营寨。远征之前，卡妮凯曾经送给四十个勇士每人一顶白毡帽，又给每一个士兵的钱袋里装满了金币。玛纳斯要求士兵可以用这些金币去市场自由购物，不能抢百姓的任何东西。

玛纳斯命令部队在训练之余开渠引水、垦荒种地，当春暖花开之时，部队种出的小麦已经长得绿葱葱的一片。他们要去打仗，不可能在这里等待收割麦子，便把青苗让给了当地的克塔依人，克塔依人十分高兴，从此这里便留下了"玛纳斯的麦子获得丰收"的故事。人们议论纷纷："空吾尔巴依占领我们的土地，他们的部队割了我们的青苗喂马，不光征收繁多的捐税，又抢劫我们的财物；玛纳斯来到这里不征收一分一文捐税，而且是用金币购物，还种下庄稼让我们收获，同样都是外来客，怎么会有这样大的区别！"

只这一条，空吾尔巴依就已经失去了军心、民心，战争根本无法进行下去，艾散汗只好向玛纳斯求和。

第四回

众英雄战死沙场
玛纳斯告别人世

面对柯尔克孜人的强大军威，艾散汗向柯尔克孜人派出五个使者送去信函求和，但条件是前来讲和的人中，不能有阿勒曼别特。

经过商议，决定由巴卡依为谈判代表，熟知克塔依语言的阿吉巴依充当翻译。临行前，阿勒曼别特一再强调："巴卡依大伯，谈判中，你要先开口，除了要回当年被空吾尔巴依俘获的阿拉什众人外，一定要讨来空吾尔和阿勒喀拉神骏，这样，即使得不到空吾尔，你也会在他们之间制造矛盾，到时我们可以将他活捉。与克塔依和谈成功后，我们就可以顺利地返回故乡了。"

然而，事与愿违，在谈判开始的当口，也许是由于长途跋涉的缘故，巴卡依老人的气管炎犯了，他不住地剧烈咳嗽着，说不出任何一句话来。等他好不容易止住咳嗽，艾散汗已经抢先开口说道："尊贵的巴卡依汗王，你一定会答应我的两个请求，我只要留下空吾尔巴依和阿勒喀拉神骏。别依京的宝座及美女统统归你们，包括所有的百姓也归你们管辖。我再别无所求了。"

艾散汗索求的只是两个性命，巴卡依一时找不到任何拒绝的理由，便答应了这个条件。

回到驻地，巴卡依说了事情的经过，很是兴奋。阿勒曼别特却跟丢了魂似的，目光呆滞精神恍惚，静静地独坐着，他心里清楚，要说得到了所谓的别依京城，实际上是中了敌人的诡计了。然而，事已至此，他也无可奈何，只能面对了。

克塔依的两位绝世美女碧尔米斯卡勒和布茹丽恰，分别嫁给了阿勒曼别特和楚瓦克。四十年前，碧尔米斯卡勒就对阿勒曼别特情有独钟，牵肠挂肚了四十年，从前年轻的容颜已经在岁月和相思的煎熬中有所改变，她做梦也没想到会与心爱的人走到一起，她满足了。三个月后，两个美女分别怀孕。两位英雄都还没有后嗣，此消息对他俩来说无疑是意外的喜讯。他们派秀图将两位孕妇护送回故乡塔拉斯，交由卡妮凯照应。不幸的是，快到塔拉斯的时候，两个孕妇都要临盆了。秀图匆忙找来卡妮凯王后。经过努力，碧尔米斯卡勒生下一子，卡妮凯抱过孩子时，乳房突然膨胀，圣洁的乳汁不住地流淌出来，卡妮凯给婴儿喂着奶，激动地喃喃说道："这是阿勒曼别特的亲骨肉，也是我的亲生儿子，他与我儿赛麦台依是同乳兄弟，将来是我儿的亲密伙伴。"这时，由于难产，碧尔米斯卡勒离开了人世。卡妮凯给孩子取名为古里斯坦[①]，后被人称为古里巧绕。

碧尔米斯卡勒刚刚离世，布茹丽恰也难产生下了一男婴后去

[①] 古里斯坦：柯尔克孜语，意为美丽花园。

世了。卡妮凯抱起男婴时，左边的乳房出现了阵痛，她将乳房轻轻放进孩子嘴中，孩子用力嘬着乳头，卡妮凯感到钻心的疼痛，一股如同芨芨草秆粗细的血液从乳房里喷射出来，卡妮凯见此情景大吃一惊，一股不祥之兆笼罩了她的心，她给孩子取名叫坎凯勒迪①，也就是后来的坎巧绕。

驻守在别依京的英雄们日夜思念着家乡和亲人，他们只等玛纳斯一声令下，踏上回家的路途。而玛纳斯另有安排。巴卡依奉劝他听从卡妮凯的话，及早返回塔拉斯。阿勒曼别特则认为都不要离开，留下来一起对付空吾尔，等将敌人真正打败，让他们无力反击后再返回故乡。玛纳斯却说："我们决不可以撤离卡坎人的城市，我不想背个'玛纳斯狼狈逃窜'的名声让人耻笑。"他让其他汗王先返回塔拉斯，留下阿勒曼别特、楚瓦克、色尔哈克、穆孜布尔恰克等人，还有带领四十勇士的克尔葛勒恰勒和他一起驻守。

玛纳斯汗不会想到，让那些汗王先返回是一个多么错误的决定，一场灾难如烟雾般慢慢地将他笼罩……

他们进发到别依京城里后四处寻找空吾尔巴依，可是一直不见其踪影，空吾尔巴依如同从人间蒸发一样销声匿迹了。阿勒曼别特心有疑虑，他总怀疑空吾尔就躲藏在附近，他经常乔装打扮，到街上打探空吾尔的去向，可是每次都一无所获，他感到空吾尔肯定有所动作，可是他无法猜测到空吾尔到底有什么阴谋诡计。谁也不会想到空吾尔这只狡猾的老狐狸挖了条暗道，一直通到城外，除了他自己，没有第二个人知道这条地下通道。自从柯

---

① 坎凯勒迪：柯尔克孜语，意为"鲜血流淌"。

尔克孜人进城后，他每天像只耗子那样躲在地下通道偷窥着城里的一切动静。他苦苦等着玛纳斯的到来。

这一天，玛纳斯汗想出去了解一下宫外的情形，便让巴依玛特换上汗王的锦袍，坐上大轿，在城中假装巡查。百姓们都奔走相告，说玛纳斯汗王出来巡查了，路边的人都自动让开道分别站在两旁，仰视着这位英雄汗王的尊容。巴依玛特正如此这般地在街上巡游，结果刚好碰到从城外赶回来的阿勒曼别特、楚瓦克和色尔哈克三人，因为平时慑于三位英雄的威猛和威望，胆小而愚蠢的巴依玛特居然忘记了自己身负重任，反而慌忙从大轿上跳下来，向三位英雄致敬施礼。阿勒曼别特想阻止他这个愚蠢的举动，但已经来不及了。他们将巴依玛特请回大轿返回宫廷。阿勒曼别特生气地对同伴们说："这个该死的巴依玛特，阿依阔勒①让他假扮自己当汗王巡查，他居然下轿向我们施礼，如果他做出一派傲视群雄的架式，无论多久，这个汗位都会由柯尔克孜人执掌，现在倒好，王位恐怕不会在我们手里太久了。"

众人满怀失望，来到玛纳斯的宫廷汇报情况。巴依玛特忙不迭地对玛纳斯说："当时见到三位英雄迎面走来，我实在没有勇气挺起腰身。"巴卡依听了也气得白须直晃，责怪巴依玛特："你愚蠢透顶啊，你简直坏了我们的大事了。"但一切都已经发生了，于事无补。众人都无话可说，各自回到自己的房间。玛纳斯在宫中左思右想了好久……一直到黄昏时分，他忽然听到外面的四十勇士在玩游戏，热闹的声音吸引了他，他猜测是不是阿勒曼别特在召集大

---

① 阿依阔勒：意为"月亮湖"，在《玛纳斯》史诗中，被用来比喻英雄玛纳斯。

家做马术比赛游戏。他披上阿克奥勒波克战袍，不知为什么，他没佩戴头盔和护颈，骑上阿克库拉贸然出去了。谁也不会想到，在一条不为人知的暗道里，有一双恶毒的眼睛正时时监视着英雄玛纳斯的动向。玛纳斯走出宫廷，踏着皎洁的月光，骑着阿克库拉居然来到了空吾尔巴依躲藏的暗道旁边，阿克库拉神骏有点不安起来，但玛纳斯没有觉察到阿克库拉的表现，一直毫无戒备地朝前走着。这时，尾随在身后的空吾尔巴依举起浸过毒药的战斧对准英雄玛纳斯的脖颈狠狠砍去。被砍中的玛纳斯却没有一点感觉，空吾尔想拔出斧头砍第二下，可怎么也无法拔出来，一使劲，却把斧柄拔断了，他心虚得立刻回马仓皇而逃。月光和宫灯交相辉映，阿吉巴依看到了敌人，等他想看仔细时，空吾尔早已无影无踪。阿吉巴依十分纳闷，奔跑过去，发现一堵墙挡在前面，轻轻一推却可以翻转，原来这就是那个暗道的机关和掩体。他立刻命人拿着灯笼过来仔细察看墙内的地道，他发现了阿勒喀拉马的马蹄印，那些马蹄印清晰可辨，一看就是刚才走过去的。所有的人都停止了游戏，跑过来察看。看到玛纳斯安然无恙地稳坐在马上，谁也不会想到玛纳斯已经中了毒斧。

　　阿勒曼别特、楚瓦克和色尔哈克也赶了过来，三个人顺着暗道，挥鞭催马紧紧追赶。而四处布满了阿勒喀拉的马蹄印，等他们好不容易找到出口时，空吾尔早已不见踪影。英雄们无功而返，却再也不敢大意。

　　第三天，玛纳斯和几个人在宫中议事，他忽然感到脖子后面奇痒无比，原来是斧毒发作。

　　阿勒曼别特说："君王啊，你中了空吾尔的毒斧，这斧头

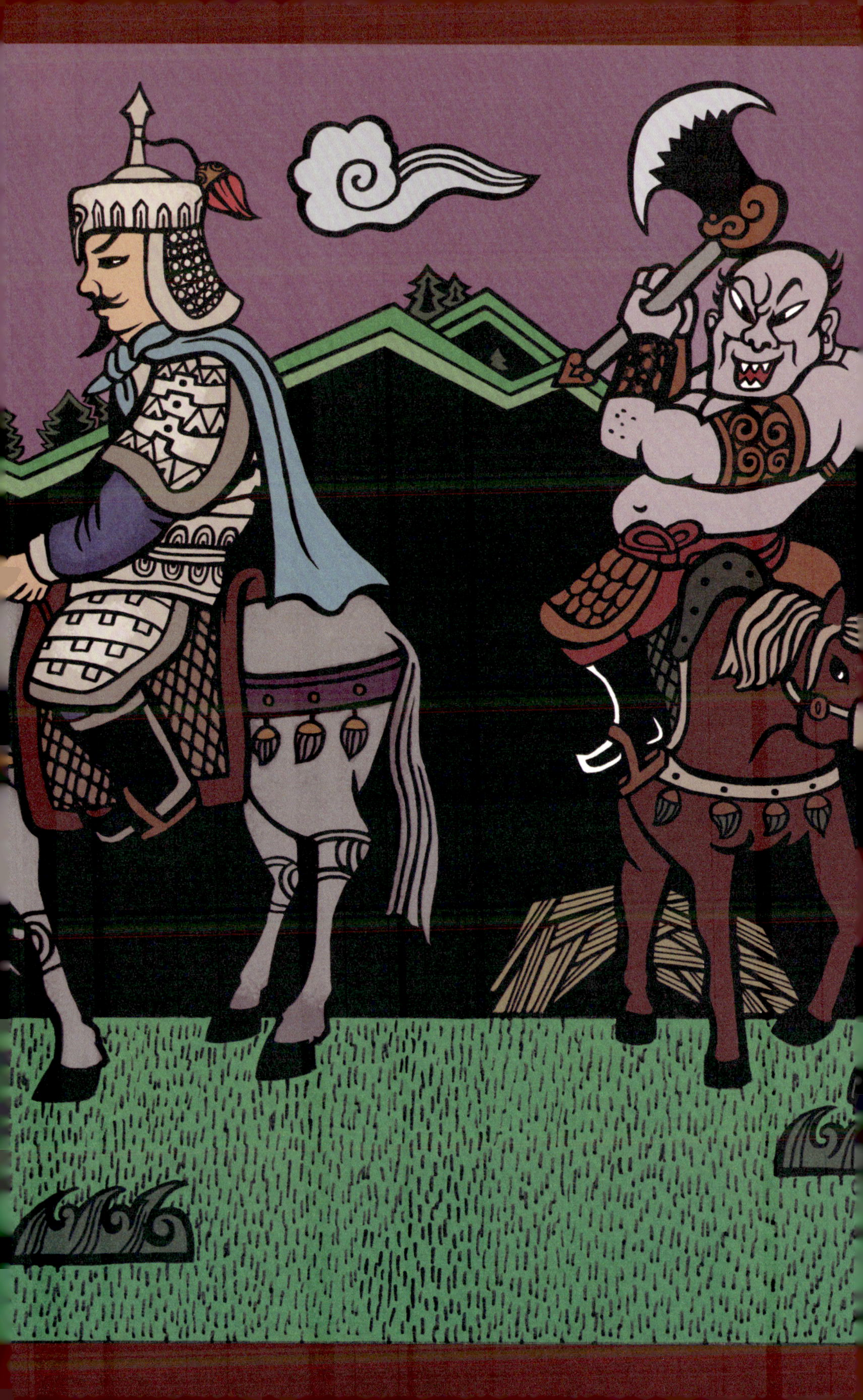

是纯钢制成的，因为斧刃锋利无比并且浸蘸了毒液，你才没感觉到被它砍中。我已经给你口服了艾别普药，再把赛别普药给你敷上，用一个月的时间将你送回塔拉斯，卡妮凯王后那里有一种被称为库努的神药，只要你服用后再敷上努什药，斧毒自然就会被拔除，不出三个月伤口就会愈合，你就会恢复健康。雄狮，你尽早回去养好伤，再重新进入别依京城，到时我们再一起收拾恶贯满盈的空吾尔，完成我们的远征大业。"

听取了阿勒曼别特的意见，玛纳斯率领大队人马离开了别依京，在巴卡依和穆孜布尔恰克等人的陪伴下，朝着塔拉斯的方向走去。

空吾尔巴依一直没得到玛纳斯的死讯，心里很不踏实，也很奇怪："难道我没砍中他？要不就是柯尔克孜人在玩花样，早已将他送走。我与其在这等候，不如到山上观望一下，如果真能碰到他，我定会砍下他的头颅俘虏他的兵马。"他暗想，带着不知情的穆拉迪勒和涅斯卡拉两人一直飞奔到山冈上眺望。

玛纳斯在休息的时候转动"千里眼"向别依京的方向瞭望，空吾尔的身影突然进入他的视野中。看到这个杀人不眨眼的恶魔，玛纳斯立刻怒火中烧，他无法容忍这个杀人如麻沾满百姓鲜血的刽子手再为所欲为，他无论如何要除掉空吾尔，为那些受到过他残害的人们报仇。他把巴卡依叫到面前说："没有除掉空吾尔这个混世魔王，我有何脸面返回故乡？现在他居然将我们追赶，我们为何要落个仓皇逃窜的骂名？那些百姓还将被他继续欺凌。"巴卡依拗不过倔强的玛纳斯，只好同意了。

双方派出使者，决定十五天后进行决战。

阿勒曼别特得到十五天开战的命令后,看到克塔依人也像蝗虫一般黑压压地聚集着,他心里仿佛被压了一块巨石喘不过气来,他叹了一声说:"玛纳斯不该返回来啊,也不该答应他们十五天开战的要求,克塔依人已经将我们逼上了绝路,现在只能决一死战了。玛纳斯汗啊,我们可能都会为之死去,你要有思想准备。无论前面有多艰险,不管命运作何安排,我们也只能面对,去拼命抗争吧。"

一场空前的大决战拉开了帷幕……

阴险的空吾尔先派出巨人玛德,他的目的是先耗尽柯尔克孜英雄的体力。好在阿勒曼别特、楚瓦克识破了他的诡计,砍杀了敌方首领。可是,马上又有两三个人跌跌撞撞地跑进玛纳斯汗王的宫帐,语无伦次、惊慌地报告:"玛纳斯汗王,卡勒玛克人向我们这边冲过来了!"

玛纳斯咬牙切齿,说:"快去把我的阿克库拉牵来,把我的战袍也拿来,我要带上我所有的武器把他们统统赶回别依京。"

玛纳斯手下大将阔克确上前请战道:"尊敬的玛纳斯汗,在腥风血雨的战斗中,我在守边,没能与你一起参加战斗,这次让我前去阻击敌人吧,让我完成这项使命,就算我为阿拉什人做了一件值得自豪的事情。"看到阔克确语气坚定诚恳,说得斩钉截铁,玛纳斯同意了他的出战请求。

阔克确率领五万哈萨克勇士与克塔依人开战了。双方杀得天昏地暗,战斗中阔克确被砍去头颅,阿勒曼别特飞奔过来,抱起阔克确还在发热的身躯痛哭不已,玛纳斯见此情景,万般悲痛。他知道阿勒曼别特是未卜先知的。阿勒曼别特说的话如雷鸣般响

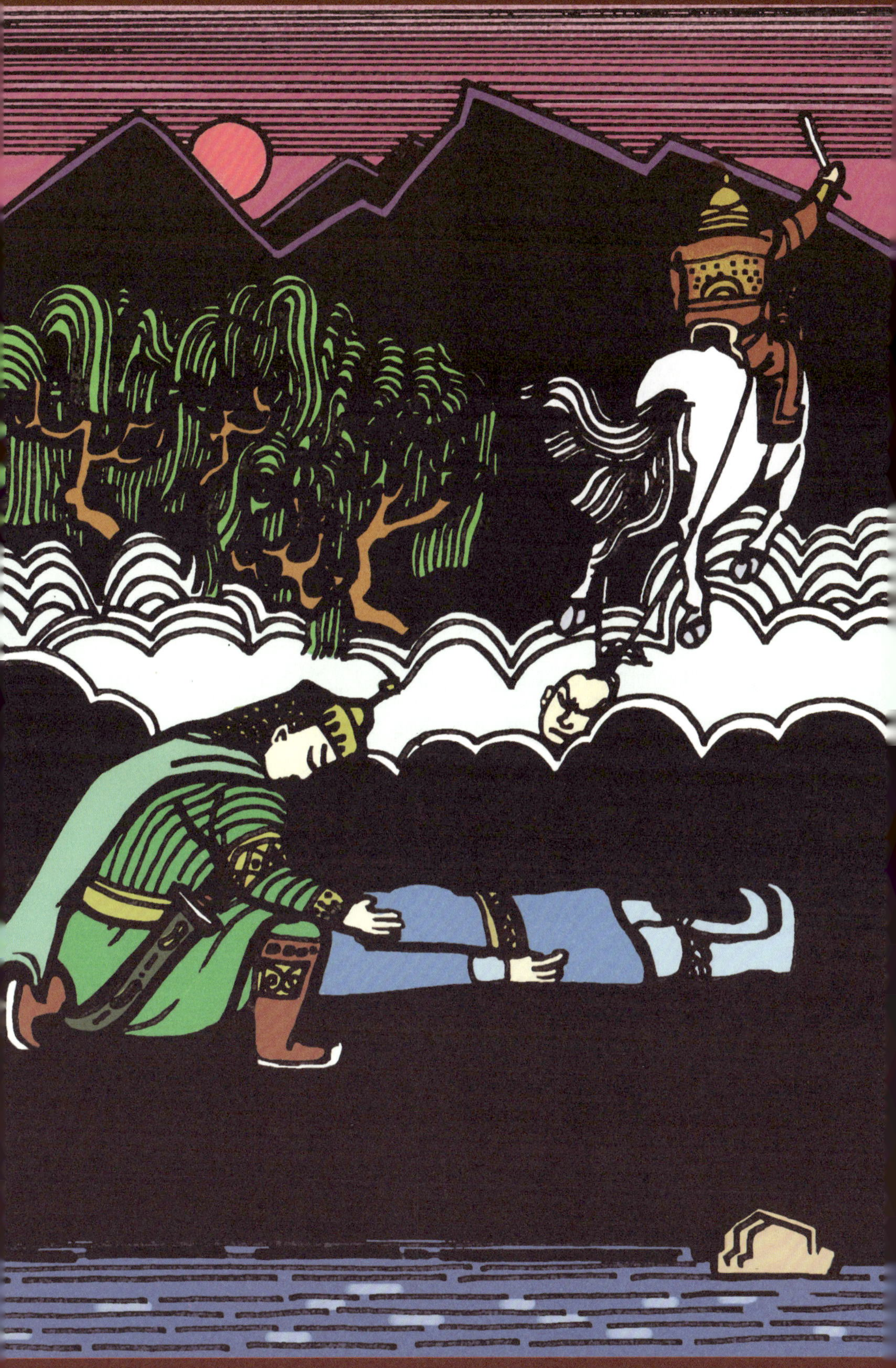

在人们耳边:"这次开战,无论老少,都要血战到底,不要害怕流血牺牲……"

正说着,东方出现了震耳欲聋的骚动,战鼓声由远而近,噼啪的枪声夺人心魄。大地在轰鸣声中震动。阿勒曼别特看着远处说:"这是空吾尔请来的神箭手希普夏依达尔施的法术。这个杀手真的来了,玛纳斯汗答应空吾尔十五天的要求实在是太盲目了,这十五天足以让他从大英干山中请来那个神箭手。明天开战的时候,没有人能从希普夏依达尔手中逃生的,这不是危言耸听。今天大家好好休息一下,吃饱喝足,养足精神,做好一切准备,明天开战。"

离上战场的时间越来越近了,一股生离死别的伤感再次包裹了阿勒曼别特,他不舍地望着每一个人,跟每个人说着道别的话。他与玛纳斯相拥而泣,泪如泉涌。他说:"为了柯尔克孜的百姓们能够脱离苦难,我死而无憾,我只是舍不得我们之间的那份情谊……"

其实所有上战场的人都知道死亡是谁都避免不了的,无论有没有预见,大家都是要相互祝福辞别的。

天亮了。战鼓喧天,大地上晨雾升起来,遍山的敌人涌上来,他们开始向柯尔克孜人进攻了。敌酋发出了全面进攻的命令:"全体出击!把柯尔克孜人斩尽杀绝,他们只有我们百分之一的兵力。我们必胜。"他们不停地鼓舞着士气,同时也在给自己鼓劲。

双方扑到阵前,又一次杀得飞沙走石。

玛纳斯因中了毒斧,躺在营中由巴卡依老人照料着,没能参加战斗。而行宫内所有的人都投入了战斗。卡勒玛克人和柯尔克孜人短兵相接，打得难分难解。战争的残酷可想而知了……狡猾的箭手希普夏依达尔躲在人群中，外人无法认出他来，他谨慎又小心，就怕被阿勒曼别特发现。他暗自思忖："绝不能落到阿勒曼别特手里，那样我会没命的。"他趁着混乱放冷箭射杀着玛纳斯的勇士们，每射杀一个人就会释放他内心的仇恨，每射杀一个鲜活的生命，他的内心就会产生一种别样的快感。柯尔克孜英雄们一个个倒在他的暗箭之下。

玛纳斯命人清点了人数，休整了一夜，强忍失去那么多勇士的悲痛，第二天继续迎战。

当柯尔克孜勇士们重返战场时，他们肩并肩地向敌人发起猛攻，每一位勇士都十分英勇，战无不胜，卡勒玛克人的军心开始动摇，开始向四处逃遁，柯尔克孜勇士几乎控制了整个战局，胜利在望了。这时，克塔依将领涅斯卡拉在马背上耀武扬威地向柯尔克孜勇士挑战，阿勒曼别特正欲冲上前与其搏杀，楚瓦克拦住他说："阿勒曼别特啊，你往后撤，让我去会会他。如果我战死了，你就给我收尸，请把我埋入土中……"

阿勒曼别特打断他的话，说："楚瓦克啊，我亲密的知心朋友。只要我没闭上眼睛，我不会不管你的，但我的尸体又有谁来照应，还是让我先出战吧。我想为多灾多难的柯尔克孜民族做点有意义的事情，我希望在我死后能听到柯尔克孜人对我这样评价：'柯尔克孜人知道他的尊贵。'……"

楚瓦克依然激动地要坚持出战，在他的软缠硬磨下，巴卡依老人同意了他的请求。他临上战场时回头对阿勒曼别特说："我的挚友阿勒曼别特，如果我被希普夏依达尔的暗箭射中，你一定为我收回尸体哦。"两位英雄像孩子那样约定盟誓，然后依依惜别。看着楚瓦克远去的背影，阿勒曼别特的眼圈红了……

勇猛的楚瓦克将涅斯卡拉和乌尚两员猛将挑下马刺伤，当他正准备与一位叫侗阔乃的大将交手时，一不小心被侗阔乃挑下了战马，头盔掉了，一支致命的暗箭射入了他的头部，他没说一句话就倒了下去。侗阔乃见状疾驰过来，欲取楚瓦克的首级，阿勒曼别特看到了，早已搭弓上箭，射向了侗阔乃，那个家伙像一块崩塌的巨石，从马背上跌落，嘴巴啃泥，再也不能动弹了。愤怒的阿勒曼别特看到知心的朋友这样离去，已经失去了思想。如果他冷静下来，当机立断将箭头对准希普夏依达尔，这个杀手一定会完蛋，可能会避免再发生后面的悲剧；但他没想到这样做，射死侗阔乃后，他居然骑上马去抢楚瓦克的躯体，可是被空吾尔抢先了一步。楚瓦克的阔克铁开神骏看到空吾尔冲过来，突然转身将英雄的身体挡住了，空吾尔劈过来的战刀本来是要取楚瓦克的首级的，却把阔克铁开神骏的脖子砍断，这匹可爱而忠实的神骏用自己的生命保全了主人的躯体，也为阿勒曼别特赢得了时间。阿勒曼别特将空吾尔戳翻，夺取了阿勒喀拉马，并从地上提起楚瓦克迅速向营地返回。然而，就在这个紧要的当口，那匹连续奔跑六个月都不会疲劳、似乎已经与阿勒曼别特连为一体的萨热阿拉马却突然马失前蹄，英雄的头盔歪向一边，没等他扶正，那穿心利箭横穿了他的太阳穴。他忍住剧痛，依然向营地飞驰，鲜血染红了楚瓦克的衣裳……

到达营地的阿勒曼别特已经非常虚弱了，他对玛纳斯说：

"你做的这件事将载入史册的,你是真正的民族英雄。我的君王,你现在听我说,你用阿克凯勒铁神枪可以将希普夏依达尔杀死,你将它握在手中发誓祈祷后再装弹药。明天的敌人会更凶猛,他们会变出十二种队形,你必须用'千里眼'仔细观察才能找到希普夏依达尔的身影,他会跟五个人在一堆篝火前。愤怒是**魔鬼**,理智才是朋友,理智变成智慧才能成功。如果你射死了希普夏依达尔,敌人立刻会惊慌失措,四处逃命,如果没有射中,敌人会像洪水猛兽那般吞噬掉柯尔克孜人,请你记住这个征兆。战斗结束后,你赶紧返回塔拉斯疗伤,但愿能发生奇迹,你会恢复健康……千万不要让人知道我葬身的墓地……我的孩子还没有见过父亲,没有享受到父爱……"阿勒曼别特声音越来越微弱,带着满心的遗憾离开了人世,一股青烟从他的口中飘出,阿勒曼别特突然间收缩了身体。玛纳斯紧紧抱住这个同乳兄弟,泣不成声,悔恨不已:"我的阿勒曼别特兄弟,都怪我当初不听你的话,才造成今天这样的结果……"

失去伙伴的玛纳斯强忍悲痛,按照阿勒曼别特说的办法,一枪射死了那个可恨的黑色杀手希普夏依达尔,为所有死去的伙伴报了仇。所有的康阿依兵士也无心恋战,都纷纷逃命去了。

住在塔拉斯宫廷的卡妮凯自从玛纳斯远征后,从没有睡过一个安稳觉,几乎所有的夜晚都是在半梦半醒间度过的。这天晚上,她突然听到急迫的敲门声,她打开房门,门外站着克尔葛勒恰勒。

看到卡妮凯急切的表情,克尔葛勒恰勒控制不住悲痛的情绪,"哇"的一声哭了出来,一边流泪一边诉说了发生的全部经过,当卡妮凯听到玛纳斯中了毒斧、众英雄都战死沙场,一股绝望的情绪侵袭了她,她举起匕首想要结束自己的生命,幸亏克尔葛勒恰勒眼疾手快,夺下了她的匕首,说道:"你听我说,我已经给你准备好坐骑,你现在带上赛麦台依随我一起去迎接玛纳斯,他虽然受伤了,但还活着,他派我先赶回来告诉你一声,他想看一眼儿子。"

卡妮凯是个有着未卜先知本领的女人,她深知即将发生的事情,也知道好多双眼睛在偷窥着玛纳斯的宝座,她知道她最重要的任务是保护好玛纳斯唯一的儿子赛麦台依,不能让幼小的赛麦台依出现任何意外。她抱着赛麦台依拐进仆人萨热塔孜的房间,悄声说道:"萨热塔孜,听我说,玛纳斯正在返回的途中,他想看自己的儿子,我现在将赛麦台依托付给你,一直到赛麦台依长大,我都不会向你索要的。请你把你捡的那个孩子调换给我好吗?我就说这孩子是赛麦台依,其中奥秘我以后会告诉你的,请你不要伤感。玛纳斯的眼光很毒,我怕他伤到赛麦台依,你捡的那个孤儿不会被他的目光所伤。你今天就带着赛麦台依离开这里,你所有的生活需求都由我供给,只要你把赛麦台依保护好,以后我们会报答你的,请握手以示我们的约定吧!"善良忠诚的萨热塔孜答应了卡妮凯的请求。卡妮凯抱上那个孩子随着克尔葛勒恰勒去见玛纳斯了。除了卡妮凯和绮依尔迪两人,谁也没见过已经长到三岁的赛麦台依,她俩时刻警惕着,没有让任何人见,包括当爷爷的加克普。当年玛纳斯远征时,赛麦台依还在襁褓中。萨热塔孜捡来的那个孩子也从没让任何人见过,除了他们没人知道真相。这一切似乎就是上天的安排。

卡妮凯知道玛纳斯可以通过气味来辨别自己的亲子,她故意在孩子身上弄了些怪味。

久别重逢，玛纳斯说："快点让我看看孩子，让我亲吻一下。"

卡妮凯没有将孩子直接带到玛纳斯跟前，而是将孩子转过身，露出孩子的后颈说："我亲爱的雄狮啊，你那犀利的目光扫过谁都不会活命，我怕你把孩子吓着，你就亲吻一下他的后颈吧。只要你身体安然无恙，你迟早会看到孩子的。"

玛纳斯低头亲吻着孩子的后颈，立刻抬起头说："卡妮凯啊，这孩子怎么散发着臭味啊？"卡妮凯无言作答，只是低着头抚摸着孩子。

卡妮凯绞尽脑汁为玛纳斯疗毒，她派人找来秃鹰的苦胆，烘焙好，研成碎末替丈夫敷伤口，然而玛纳斯的伤情还是迅速恶化，生还的可能性十分渺茫。看着日渐消瘦和虚弱的玛纳斯，她找来巴卡依老人商量："巴卡依大伯，玛纳斯的伤情很严重，恢复的可能已十分渺茫，我们还是给他准备后事吧，我希望他平静安详地离开这个世界。"他们找人给玛纳斯建了一个九个世纪都不会被侵蚀和毁坏的陵园，并将玛纳斯的英雄业绩以及所有英雄的画像一个不漏地刻画在了墓壁上。

待卡妮凯将这所有的一切都办妥之后不久，玛纳斯的生命进入了垂危状态……那天刚好是十五，圆月高高悬挂在天空，玛纳斯看着围在他身边的亲人和战友，伸出手一个个握别，他凝视着心爱的妻子，望着卡妮凯的娇容，他心里难舍难分，躺在卡妮凯的怀里，安详地闭上了双眼，一股青烟从他微张的口中冲上了天空……深受人们爱戴的君王，深受阿拉什人尊重的一代民族英雄玛纳斯汗就这样告别了人世。

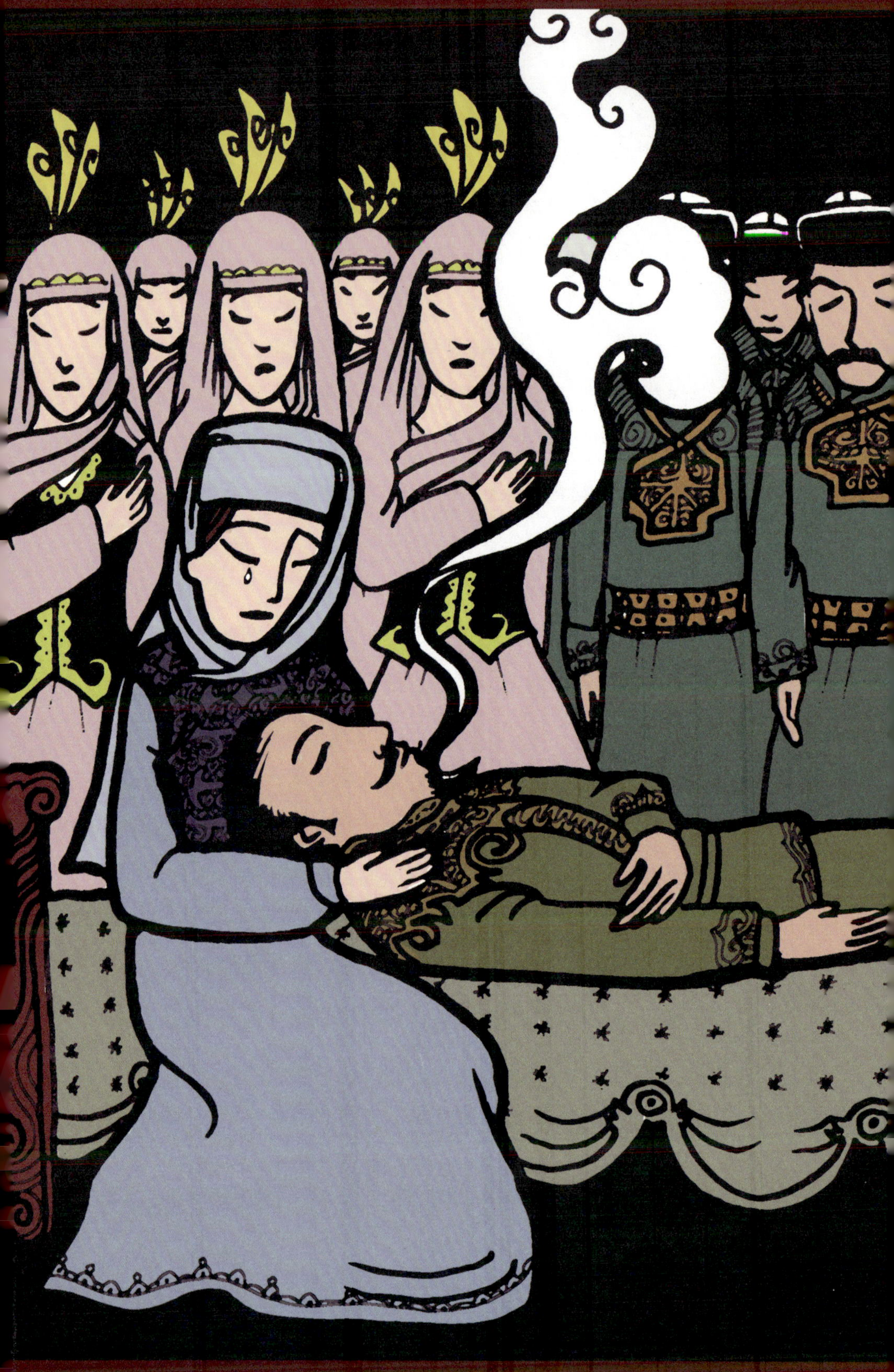

第五回

骨肉叛离迫害遗孤篡权误国
赛麦台依惩处叛逆夺回汗位

正当玛纳斯的母亲绮依尔迪、王后卡妮凯沉浸在失去儿子和丈夫的深深的悲痛之中时,玛纳斯家族内部,一场震惊柯尔克孜社会的阴谋正在酝酿之中。

玛纳斯逝世之后,他的父亲一直未曾露面,善良的人们并不感到奇怪,以为丧子的悲痛击倒了这位年迈的父亲。但是,草有良莠,人有善恶,禽兽不如的加克普并非为丧子而痛苦,而是在策划一场灭绝人性的阴谋。

玛纳斯死后还不到十天,加克普在儿子尸骨未寒之时,迫不及待地强迫儿媳改嫁,在未达目的的情况下,竟然带着他的另外两个儿子阿维凯和阔波什的一批打手,闯进卡妮凯的宫廷,命人赶走了玛纳斯的畜群,霸占了玛纳斯的田园,并惨绝人寰地亲手摔死了自己的小孙子。

加克普在众乡亲的怒骂声中离开后,卡妮凯夫人趁着夜色在巴卡依老人的帮助下,到萨热塔孜处接回自己的亲生孩子赛麦台依，然后搀扶着婆婆绮依尔迪，抱着儿子赛麦台依，历经千辛万苦，隐瞒身世逃到了娘家喀拉汗的宫廷中避难。

从此，柯尔克孜汗国的政权落入加克普与他的两个恶子阿维凯和阔波什的手中。柯尔克孜人民又回到水深火热之中。

卡妮凯含辛茹苦抚养着赛麦台依。转眼之间过了十年，赛麦台依已经长成了一个潇洒英俊的少年，他整日或弄枪舞剑、拉弓射箭、习文演武，或牵犬驾鹰、骑马跨驼、在山中狩猎，无忧无虑地快乐成长。

一日，赛麦台依从山中狩猎归来，却像完全变了一个人一样，他满脸愁云，没精打采，心神不安，回到家里倒头就睡，不吃不喝，一睡就是三天。卡妮凯不知发生了什么事，扶也扶不起，叫也叫不应，急得她团团转。

卡妮凯实在无奈，便向父王喀拉汗求援。听到外孙的神态变化，喀拉汗也十分焦急，他们一同来到赛麦台依的房间，此时绮依尔迪正坐在孙子的身边，哭得像泪人一般。

赛麦台依依然躺在床上，脸色如同枯草一样。

喀拉汗来到赛麦台依身边，轻轻地摇着他的肩膀，叫着："孩子，你怎么了，有什么事咱们好好商量，不要这样作践自己，更不要让你母亲作难！"

听到"母亲"二字，赛麦台依忽地翻身站了起来，他流着泪扑通一声跪到老人们面前，声泪俱下地叫道："谁是我的母亲，谁是我的父亲，难道我真的是孤儿，请你们告诉我，你们又都是我的什么人？"卡妮凯扑上去一把将赛麦台依搂在怀中，母子俩哭作一团。喀拉汗与绮依尔迪扶起卡妮凯和赛麦台依，两个人也是泪流满面。

"孩子，起来吧，赛麦台依已长大成人，过去的事情我们也不用再隐瞒。"喀拉汗让大家围坐在一起，擦了擦眼泪又接着说："赛麦台依，听我告诉你，卡妮凯不是你的姐姐，而是你的母亲，你的父亲是玛纳斯，他是柯尔克孜人英明的汗王。绮依尔迪是我的亲家，是你的亲祖母，我是你的亲外公。孩子啊，你有属于自己的土地和臣民，你有为民众爱戴的汗王父亲，你有辉煌的家史，你也有痛不可言的家仇和苦难，你更有救命的恩人和不共戴天的仇敌。孩子啊，你已经长大成人，这一切你应该知道：你奶奶和母亲九死一生逃出虎口，将你带到我的身旁。此前发生的一切悲惨的变故，只有你母亲最清楚。孩子，你已经成长为像你父亲一样的英雄，你要挺得住，请你母亲慢慢给你讲。"喀拉汗说完这些就起身离去。

卡妮凯把赛麦台依搂在怀中，含着眼泪向儿子述说十多年前发生的那一场在玛纳斯家族内部权力和财产之争的悲剧，控诉了加克普和他两个恶子的滔天罪行，卡妮凯血泪横流地说："孩子，常言道：虎毒不食子。你的亲爷爷竟然亲自动手从我和你奶奶怀中把自己的亲孙子抢走，像叼羊一样撕扯，并摔死在地上！孩子，你不能放过这些豺狼不如的恶人；孩子，你也不能亏待那些帮助过你的善良的人们，萨热塔孜的孩子为你献出了性命，对于萨热塔孜老人，你一定要像对父亲一样精心赡养。"对于母亲说的每一句话，赛麦台依都频频点头。卡妮凯不仅详细讲述了玛纳斯为了部落和民众英勇奋斗、东征西战的光辉一生，还特别介绍了故乡坎阔勒的山川地理和塔拉斯城的详情。她详细交待了返回故乡后将要遇到的人和事，以她未卜先知的远见卓识，把可能发生的事情和遇到的阻力，都分析得清清楚楚。对于母亲卡妮凯交待的每件事情甚至每一个细节，赛麦台依都牢记在心。

赛麦台依听了母亲卡妮凯的血泪诉说，对母亲和祖母所受的苦难十分痛心和同情，对于禽兽不如的祖父和两个凶残暴虐的叔叔充满了刻骨的仇恨，他决心立即动身，回到自己的故乡和臣民之中，去严惩篡位的叛逆，解救苦难中的民众，为祖母和母亲以及维护正义的亲人们报仇雪恨。

喀拉汗早已为外孙准备好了战马、战袍和武器，作为外公他要助外孙一臂之力。

年仅十二岁的少年，就要单人独骑闯回故乡，他面对的是老奸巨猾惯施阴谋诡计的恶魔和吃人不吐骨头的豺狼。这是一次生与死的较量，作为母亲，卡妮凯心中忐忑不安，实在放心不下，她红红的脸上布满了愁云，滚滚的泪水打湿了衣襟。卡妮凯露出了洁白的牙齿，再一次对赛麦台依千叮咛万嘱咐，赛麦台依像成年人一样，与送行的长辈们一一挥手、拥抱并致敬祝福。长辈们亲吻了他的额头，他亲吻了长辈们的手背，然后飞身跨上马背。此时母亲卡妮凯又快步上前拉住儿子的马缰，她踮着脚后跟抱着儿子的脖子又嘱咐了几句十分重要的话：

赛麦台依，我的宝贝，
你这一次返回故乡，
有一个人就在路边把你等候。

他盼星星盼月亮一样将你等待,
他愿做你的拐棍你的支柱,
再兢兢业业地扶你一生。

他就是你父王的老朋友和高参,
九十岁的智慧老人巴卡依,
你一定先要去与他相会。
你只有在他辅佐下才可成功,
找不到他你将寸步难行,
孩子,你千万要牢记不可任性!

赛麦台依将母亲的话牢记在心,他好像看见一位银发长髯的老人,正站在高高的山间向他招手。他充满了信心和勇气,深深地亲吻了母亲的脸颊和手指之后,催马扬鞭飞奔而去。

少年英雄赛麦台依,按照母亲的嘱托,踏着父辈的足迹,在父亲英灵的护佑下,踏上了他的人生旅途。

路漫漫而其修远,山高水长,岁月蹉跎,对征途的艰险十二岁的少年虽然还一无所知,但未卜先知的智慧之母卡妮凯已把一切都装在了心中,她锐利的目光,能洞穿世间一切。

赛麦台依扬鞭催马离开了布哈拉城,一路飞奔向东而行。他翻过一座座山,蹚过一条条河,穿过茫茫戈壁、无边沙漠,越过道道冰川、个个大坂,披星戴月,风餐露宿,长途跋涉了四十多天,终于踏上了属于他自己的领地坎阔勒草原。少年赛麦台依正是如烈火般的年纪,他像离弦的飞箭一般,向前飞驰。草原的大好风光,他无心观赏,眼前的一切他都不放在眼中,他一心按照母亲的嘱托，寻找着自己的目标。他终于驰过了玉其卡英，来到了长满三穗草的湖边，这里夏布尔草十分繁茂，这是他父亲玛纳斯生活过的牧场，他感到十分可亲。母亲说过，这里曾拴过千万匹母马，是父王与众汗王相聚、纵马逐猎和举行赛马、叼羊、角力和各种娱乐庆典活动的地方。他翻身下马在草原上寻找，这里有父亲拴马的金桩。

他按照母亲指示的方向，终于找到了被尘封的拴马桩，他激动得泪流满面，这可是他见到的父王第一件遗物。他跪在拴马桩前，一边用衣袖轻拂着拴马桩上的沙尘，一边向父王的英灵祈祷。拴马桩上突然金光万道，光芒四射。

赛麦台依激动万分，热血沸腾，热浪一阵阵从心中向外喷放，全身好像有了用不完的力量。他翻身跃上黑灰色的马背，高呼着"玛纳斯"的口号，在湖岸边发疯一样地飞奔，喊声震得周围的群山呼啸，山石纷纷向山谷中滚落，湖水翻卷起阵阵狂涛，波浪冲天，似乎要将天地掀翻。

轻狂的少年忘乎所以，他纵马在湖边草原上飞奔，却迷失了方向，找不到通往塔拉斯的道路，此时天色已近傍晚，灰蒙蒙一片难辨东西，慌乱之中他看见远处一道道金光闪烁，他惊呼："那是父王的金拴马桩！"他又飞马向亮光奔去。当他正要下马向父王祈祷问路时，突然有只白色的猎犬狂吠着向他扑来。赛麦台依想起了母亲的嘱咐，这一定是父王的爱犬，在这里把自己等候，他就向猎犬说道："库玛依克[①]，我是玛纳斯的儿子，我正

[①] 库玛依克：玛纳斯猎犬的名字，这是卡妮凯告诉赛麦台依的。

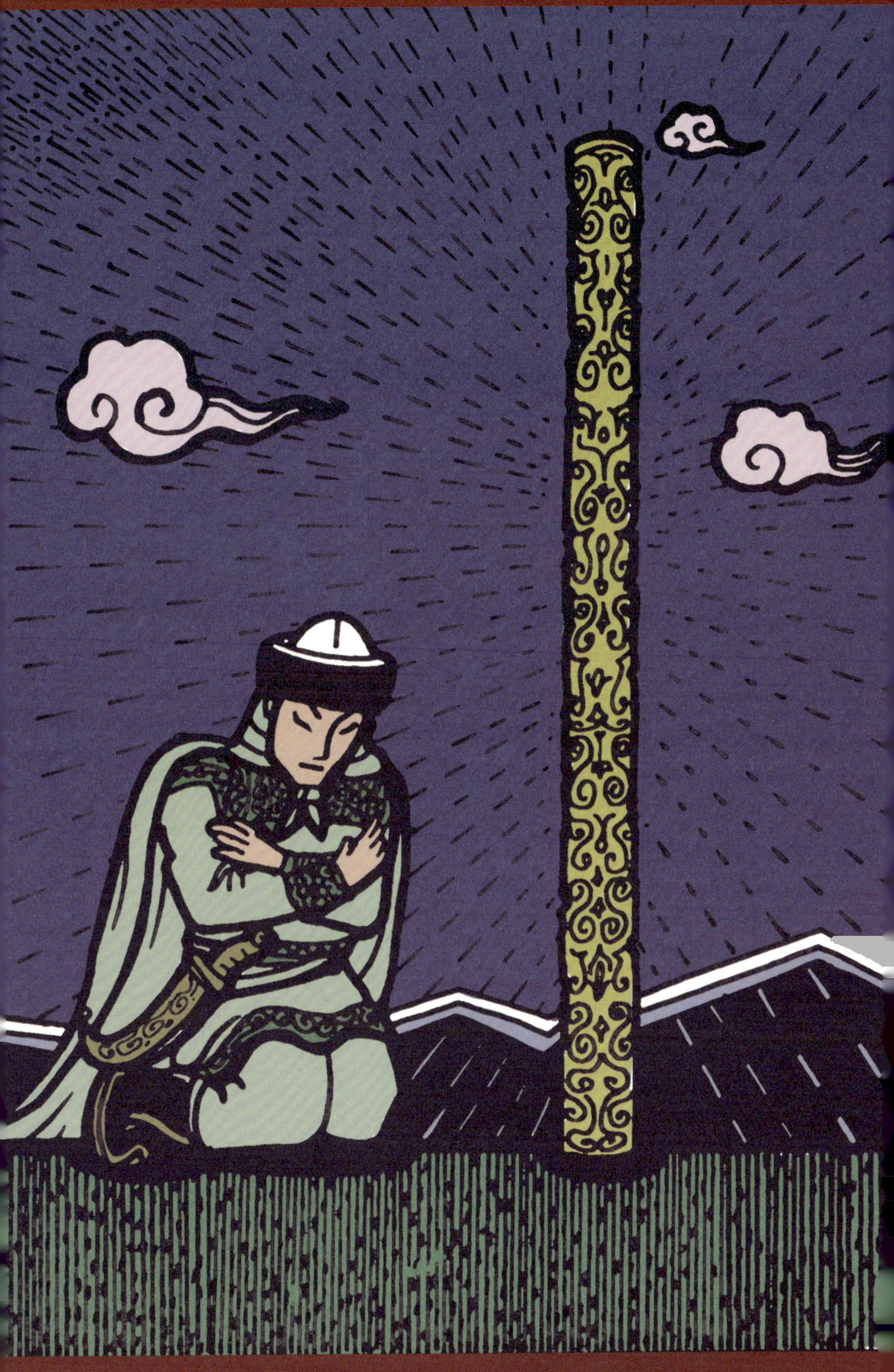

在寻找你,请你带着我去寻找巴卡依老人。"那猎犬听到他的话,一下子温顺起来,频频向他摇着尾巴。他离开了金拴马桩,在猎犬的带领下,向塔拉斯奔去。

他们来到山谷密林中央,一峰瘦弱的黑骆驼正卧在对面的山冈,它极度衰老、疲惫不堪,全身的毛色已经无法辨认。它听见有马蹄声由远而近,就挣扎着从地上站起,艰难地向来人喷吐着嘴里的白沫①,它以为有人要偷挖汗王玛纳斯留给儿子的宝藏,它是这宝藏忠实的守护者,已经坚守了十几年。赛麦台依认出了这是母亲说的黑驼。他上前摸着驼脖子说:"可怜的老黑驼,你受苦了,大概白翳已把你的双眼遮盖,我是雄狮的儿子赛麦台依,游子已从远方归来把你寻找。"老黑驼听了兴奋不已,它活蹦乱跳像个小驼羔,它不停地在赛麦台依身旁转悠,一次次地低下头触着地面。赛麦台依已明白了它的意思,亲切而感激地抱着它的头,在它耳边低语了一阵。黑驼领了汗王后裔的旨意,高高兴兴地又回到原地静卧守护,它眼球上的白翳似乎已神秘地消退,眼中露出了炯炯的火光。

赛麦台依告别黑驼,带着白猎犬,又向深山进发,去寻找巴卡依老人。

送走了卡妮凯婆媳、回到他自己宫帐的巴卡依老人,即遭受到谋权篡位的加克普父子的残酷迫害,他们逼迫他说出卡妮凯婆媳的去向,还给巴卡依封官许愿,软硬兼施,要巴卡依屈服,做他们的谋士。坚强的老人一言不发,不作回答。这是巴卡依这

---

② 骆驼口吐白沫喷射对方,是它最有力的抵御来犯者的手段。

位智慧老人早已料到的，他便自动放弃了自己的封地和汗位，把家眷子女隐藏在民众之中，带着满身伤痛离开了宫帐。他来到一个叫铁米尔的深山老林中。这铁米尔是一个黑色的山头，山头下便是由布哈拉通向塔拉斯的必由之路。他隐居在这里就是要等雄狮的儿子赛麦台依，等待着他长大成人，回到故乡消灭篡位的叛逆，夺回汗位，重振玛纳斯家族的雄风，再铸柯尔克孜部和阿拉什的辉煌。

日复一日，年复一年，几多个寒暑易节，几多个风雨黄昏，他日盼夜想，掰着指头计算，这位坚强而智慧的老人，一等就是整整十年。

近日来，老人心中总好像有燃烧的火苗在向上蹿。他推算，孤儿赛麦台依刚好是十二岁，根据萨热塔孜不时传来的消息，他已经成长为英雄少年。他想，英雄返回的日子就在这几天了。

这天一早，巴卡依老人匆匆忙忙又攀上黑山头，他手执"千里眼"向山下的小路上瞭望，他一会坐下，一会又站起来，手中的"千里眼"摇晃着，始终未能离开眼睛。突然他眼前一亮，他发现一个黑影在小路上移动。"这可能就是我的孩子。"巴卡依老人思绪潮涌，泪水哗哗地流淌，他冰冷了多年的心，顿时热浪滚滚。

巴卡依老人连爬带滚地向山下奔去，他刚站到路边，来人已经到了他面前。他虽然并未见过赛麦台依的面容，却好像每日都相见一样熟悉。虽然赛麦台依并不认识巴卡依老人，但面前这位银须飘拂、仙风道骨的老者，好像整日与他相伴一样。

赛麦台依急忙翻身下马，上前向老人施礼问安："我尊敬的大伯，让您老辛苦了，在这里等了我十多年！"

巴卡依老人强抑着激动的感情，他假装并不认识，冷漠地将少年反问："你是谁？你从哪里来？你这位风度翩翩的英雄少年！"他上下打量着赛麦台依，对孩子进行考验。

赛麦台依不慌不忙，对老人的问话直言回答："我尊敬的大伯，十年前是您送我们母子去逃难，您又在这等了我十年，您就是我可敬的巴卡依大伯。我是您的亲密朋友玛纳斯的儿子赛麦台依，临行前我母亲卡妮凯反复叮咛，说您会在路边等我，让我一定要先把您拜见。"巴卡依对赛麦台依的回答十分满意，但他并没有立即相认，他又提出了新问题："十年前分别之时，我曾将一个信物交给你的母亲，这信物是不是在你的身边？"听了巴卡依老人的提问，赛麦台依心头一阵惊喜，他急忙从怀中掏出刀鞘，双手捧到巴卡依老人的面前："大伯，这就是您的刀鞘。"

巴卡依老人接过带着孩子体温的刀鞘，再也抑制不住自己的感情，十年来积攒的泪水像喷泉一样喷涌而出。他扑上前紧紧地把赛麦台依搂在怀中。

第二天一早，巴卡依老人首先快马来到加克普的宫帐，名义上是向加克普通报赛麦台依返回的消息，实际上是探听加克普的虚实。加克普对巴卡依一直存有戒心，始终怀疑卡妮凯婆媳的出逃与巴卡依有密切的关系，一直耿耿于怀。自从巴卡依放弃汗位出走，十多年来，两人一直没见过面。他想今日巴卡依不召自来，登门造访，必然不怀好意。狡猾的加克普自然也是当面应酬，背后用心。巴卡依也非等闲之辈，岂能对加克普没有防备。二人见面虚意寒暄之后，巴卡依单刀直入，直奔主题，他说：

"加克普巴依，你失散多年的孙子，我已经帮你找回，他正等在我的家中。已死的孩子十年后还能返回，你是否还有疑惑，感到意外，你是否愿意相见？"

听到赛麦台依返回，加克普巴依大吃一惊，他想，明明是自己亲手将那孩子摔死，如今怎么会突然返回？他知道这一定是巴卡依他们捣的鬼，但他此时已不能再想这些，而是思索如何再玩弄计谋，对付敌手。他满脸的乌云突然散去，马上变得满面春风，喜笑盈盈，频频点头哈腰，向巴卡依表示感谢，又似乎是迫不及待地欢迎赛麦台依的归来："我的宝贝孙子已经回来，你为什么要让他等在外边，我日夜都盼望着与孙子相见，你快快把他带到我的身边。当初我就怀疑，邪恶的卡妮凯用一个野孩子来骗我，为了玛纳斯家族纯洁的血统，我才摔死了那个野种。如今我的亲孙子回到我的身边，这是库达依对我的恩赐，我怎能不欢喜若狂。快去吧，巴卡依汗，我要隆重地将孙子欢迎！"

看到加克普神情变得如此反常，巴卡依心中疑惑越来越重。他向加克普告别出门，但他没有马上返回，而是偷偷地藏在加克普的宫帐后边，悄悄揭开宫帐的下围毡，把加克普安排的毒计听得清清楚楚，看得明明白白，然后才急忙飞马赶回。巴卡依把听到和看到的一切，详细告诉了赛麦台依，二人商量好对策之后，才动身向加克普的宫帐而去。

当听到急促的马蹄声，加克普急匆匆跑出门外迎接孙子："哎呀，我心爱的小马驹，自从你离开爷爷的身边，我日夜将你想念，我整整等了你十年，今日总算如愿以偿，快进屋吧，我的孩子，这可是你的宫帐！"

赛麦台依一走进房子,还没坐定,加克普就大声吆喝着:"啊咿,长途跋涉的孩子口渴腹饥,快将酒肉摆上来为我的孙子解渴充饥。巴卡依也辛苦了,你先给他端上一碗水,然后再给孙子赛麦台依将青花蓝边瓷碗里的美酒端来。"

赛麦台依接过酒碗一脸坦然,他站起身来面带笑容地说:"祖父啊,这碗酒还是你老人家先喝,有你老人家在面前,我怎敢先张口把酒来喝。"这时加克普也不动声色地说:"你快喝吧,我的孩子,自从你父王去世,我早已把美酒丢弃。孩子,你是玛纳斯的独苗,我日夜将你企盼,盼望有朝一日你能回来执掌汗位。今日你喝完了这碗接风酒,明天我就去扶你登基!"

看着碗里的毒酒,少年英雄赛麦台依仍然若无其事,他还是毕恭毕敬地同加克普周旋,充分显示了他王者的智慧与气量:"我尊敬的祖父,你老人家的盛情我已领了,但是在你老这样的长辈面前,做孙儿的怎敢放肆?只要你老先抿上一口,孙儿我就会一饮而尽,否则我就不是柯尔克孜人的子孙!"[①]说着,他端起酒碗送到加克普的嘴边。加克普心中发慌,把头向一边一扭,把酒碰洒在他的胡须上,就在这一刹那间,加克普的胡须冒起了一股股白烟,发出咝咝的响声。赛麦台依此时已到了忍无可忍的地步,他愤怒地将毒酒倒进门外的狗食盆,忿忿地说:"加克普,你的美酒让狗去喝吧!"当狗鼻子一触到毒酒,便一头栽倒,当即毙命。

[①] 柯尔克孜人的习俗,晚辈不能在长辈面前喝酒,只有长辈先喝一口后交给晚辈,晚辈才可以畅饮,否则,会被认为是不尊不孝。

义愤填膺的少年英雄用鞭梢指着加克普怒吼："加克普，你不配做我的祖父！你是毫无人性的牲口，你给伟大的玛纳斯家族留下了洗刷不尽的耻辱，你是柯尔克孜人的千古罪人！十年前你就想要我的命，把一个可怜无辜的婴儿摔死。我已经饶恕过你一次，今天你是第二次谋害我的性命！快说，我那两个恶毒的叔父在哪里？"

赛麦台依说罢，与巴卡依老人催动战马，向阿维凯和阔波什的宫廷冲去，这里原来是玛纳斯的汗宫，如今被阿维凯与阔波什两兄弟强占。鸠占鹊巢的两个恶棍，篡夺了汗位，在这里发号施令，残害百姓。就在玛纳斯到来之际，阿维凯和阔波什看到身材伟岸气度不凡，恰似雄狮猛虎一般的少年英雄，两人大吃一惊，他们强打精神装着笑脸，低头哈腰，将一老一少迎进了宫廷。赛麦台依踏着地上的花毡子慢步行进，两旁簇拥的人群，争相上前去与孩子热烈拥抱，并捧着赛麦台依的脸颊，不停地亲吻和问好。雄狮的儿子赛麦台依，不卑不亢，沉着谨慎，充分表现出了他高贵的汗王气魄。

赛麦台依与巴卡依来到大厅，看到金碧辉煌的汗王宝座，谁也不敢上坐。阿维凯手抚胸前低头弯腰款款相让，赛麦台依并未就坐，他昂首站在大厅中央，气宇轩昂地对阿维凯说："这个宝座你们已坐了十年，今天还应该你坐！"阿维凯吓得全身筛糠一般，口中结结巴巴地说："我，我只是替你守护宝座，明天我就召集全体民众，隆重地为你举行登基仪式，我愿变成你的犬马，平常为你牵马坠镫，出征时为你高举战旗……"赛麦台依摆手制止了他的废话。他既是向阿维凯兄弟也是向众人表明他的立场：

"这个宝座虽然是我父王留给我的，你虽然是谋叛篡夺了汗位，但我也不想就这样让你拱手送回，更不想轻易将你们惩罚。汗位是用实力和对臣民的忠诚取得。我让你们作出选择，是英雄我们就拿起武器，当众展开较量，如果没有这个胆量，那你们就自己看着办吧，要不然我们还是听听民众的声音，让我们汗国的臣民来选择。"

"玛纳斯——赛麦台依！赛麦台依——玛纳斯！"赛麦台依的话声刚落，在场的民众中就发出了一阵阵惊天动地的喊声。阿维凯和阔波什惊慌地双双跪倒在地上。

赛麦台依宽恕了两个叔叔，搀扶着巴卡依老人走出了宫廷，二人翻身上马，向草原上的马群放马而去。白云蓝天的草原上，布满了马群，他们来到一片毛色赤白掺杂的马群前，巴卡依汗告诉赛麦台依："在你出生的那年，你父王就给你选好了坐骑，这匹马驹当时已经三岁，你父亲即给它命名为塔依布茹勒，将它放归了草原。在这一群毛色赤白掺杂的马群中，就有你要找的坐骑，如今它已经是十五岁，身上还未加过金鞍，还没有人能骑走它，你快去找吧。"听完巴卡依的吩咐，赛麦台依以他那山鹰一样敏锐锋利的眼睛，去寻找自己的神骏，可是却找不到。最后赛麦台依终于想出了一个奇方。他让牧工们在山口拉起一道道揽驹的绳索，让所有牧工都挥动着套马杆吆喝呼唤，满山遍野的马群都被惊起，像山洪暴发一样向谷口飞涌，十二赛程长的缆绳，将马群拦堵，无一能通过。

这时，一匹深灰色的骏马，将尾巴高高翘起，向天空长嘶一声。这声音如同虎啸雷鸣，山谷中卷起一阵阵旋风。随着惊天动地的嘶鸣声，灰骏马腾空而起，从缆绳上飞跃而过。

巴卡依看到后十分高兴，高喊着："孩子，快打开你的褡裢，找出阿克库拉的套绳。"

赛麦台依翻身下马，打开了白色褡裢，从褡裢里找出了用金丝做成的套绳。赛麦台依跳上马背，对着灰色骏马扔去，套绳紧紧套在灰骏马的脖子上。灰骏马昂头向空中猛跃，这力气足有万钧之重，震得山鸣谷响，惊天动地，攥在赛麦台依手中的套绳却纹丝不动。有灵性的塔依布茹勒心头一亮，它知道等了十几年的主人今日终于来到了自己身旁。它当即从空中轻轻地落下，静静地等待着主人的到来。

赛麦台依终于找到了自己终生的伙伴，他将阿克库拉的笼头给塔依布茹勒骏马戴上，不大不小，是那样的合适。塔依布茹勒骏马，就像是阿克库拉骏马的马驹一样，它与雄狮玛纳斯的儿子赛麦台依结成了亲密的兄弟。塔依布茹勒扭头嗅了嗅赛麦台依，那气味十分熟悉，就像吸吮过同一个母亲的乳汁一样。

赛麦台依为塔依布茹勒鞴上阿克库拉的金鞍，塔依布茹勒成为骏马中的至贵。前鞍鞒是璀璨的黄金，上面还镶满闪光的宝石，后鞍鞒是晶晶白银，镶着蓝色的翡翠十分耀眼，两片鞍翼是纯铜制造，同样光彩照人。马衣是用锦缎和毛料制成，上面彩线绣成五彩斑斓的美丽图案。用金银珠宝装扮夫人的头饰和坐下的马匹，这是柯尔克孜人古有的传统。

"马是英雄的翅膀"，赛麦台依有了神骏，将驰骋南北，无敌于天下。

之后，赛麦台依和巴卡依去到喀拉汗的都城，迎接绮依尔迪与卡妮凯一同返回塔拉斯。他们一行人首先来到玛纳斯的陵园，祭奠玛纳斯的英灵。赛麦台依和巴卡依泪流满面，绮依尔迪和卡妮凯更是哭得死去活来，卡妮凯哭诉了加克普父子的罪行和十年的委屈，她既是向亡夫诉苦，更是向处世不深的儿子赛麦台依示警。当赛麦台依在墓前向父王跪拜祈祷之时，墓后突然卷起一阵黑风，直刮得天昏地暗、飞沙走石、日月无光。巴卡依扶起了赛麦台依，说道："孩子，刚刚我看到泉水在向你示警，现在你父王也在向你示警，我们还得小心谨慎，千万不可大意！"

大风过后，眼前又是一片风和日丽、明媚清澈的蓝天和大地，抬眼望去，修建一新的宫殿金光闪烁，耀眼辉煌。赛麦台依对加克普父子更加放松了警惕，他指着远处的宫殿说："母亲，你看我们的宫殿翻修得多么亮丽，我先去看看，今夜您就可住进自己的宫中。"赛麦台依兴冲冲地催马向前，其他人紧跟其后不离左右。

当来到两座小土山之中的一处谷地，这是通向汗宫的必经之地，机敏的塔什布茹勒突然四蹄停下不肯向前，任凭赛麦台依怎么驱使，塔什布茹勒始终静立不动。正当赛麦台依举鞭欲打之时，马前突然发出了巨大的爆炸声，浓浓的火药味夹杂着石块尘土满天飞舞。浓烟之中加克普带着他的两个恶子和一群帮凶从土山后面冲出。

此时，英勇的赛麦台依挺枪催马追上前，刹那之间将这伙人面兽心的家伙杀得干干净净。

加克普父子终于走进了自己挖掘的坟墓，得到了应有的下场。少年英雄赛麦台依并未为他的首战告捷而喜悦和兴奋，对于这位刚涉人世、将要登上汗位的十二岁少年来说，令他不解和困惑的是，他第一次提枪杀敌，血染矛尖的竟然是他嫡系的祖父和叔叔？！

一场腥风血雨的洗礼过后，赛麦台依一行回到了汗宫，人山人海的民众围在汗宫周围，人们终于看到了作恶多端的篡位逆贼的可耻下场，急切等待着英主复位登基，盼望着恢复玛纳斯时代的繁荣与安宁。

赛麦台依在民众拥戴下登上汗位以后，找到了阿勒曼别特和楚瓦克的儿子古里斯坦和坎凯勒迪，为他俩改名为古里巧绕和坎巧绕，成为他的两个小兄弟和亲密伙伴。从此，赛麦台依在母亲卡妮凯和巴卡依大伯的辅佐下，率领两位巧绕[①]，转战南北，为父报仇，为民分忧，开始了他们辉煌的战斗的一生。

---

① 巧绕：柯尔克孜语，意为同伴、亲人。

第六回

青阔交围城欲抢曲莱克为妻
赛麦台依解围与曲莱克成婚

　　阿依曲莱克是阿昆汗的女儿，在她还在襁褓中时，阿昆汗将她许配给了英雄玛纳斯即将出生的儿子赛麦台依。阿依曲莱克长大后变成了一个美丽绝伦的长着翅膀的仙女，这让部落首领什哈依的儿子青阔交垂涎三尺，绞尽脑汁地想要得到这个美丽的仙女。他千方百计地想讨好阿依曲莱克，没想到阿依曲莱克压根就不搭理他。他只能采取最卑劣的手段：抢亲。于是，他勾结节迪盖尔的首领巴额什之子托勒托依，以十多万重兵围困了阿昆汗的都城，逼迫阿昆汗同意将女儿阿依曲莱克嫁给他。

　　面对青阔交的无理取闹和兵临城下、以武力相逼，阿昆汗沉稳地端坐在大殿中央的宝座上，和文武大员商议对策。这时，青阔交的信使将一封长信向阿昆汗呈上。信中主要是向阿依曲莱克求婚，同时又夹杂着武力要挟的口吻。

　　看完书信之后，阿昆汗明确告诉来使："你们可以从任何一个角落为青阔交选择美貌的姑娘，但是我们的公主阿依曲莱克是赛麦台依指腹为婚的未婚新娘，谁也别想打她的主意，这件美满的婚事，六十个部落的阿拉什人，人人皆知，个个皆晓。如今，阿依曲莱克的芳名，已经在赛麦台依的耳边回响；阿依曲莱克的芳容，已经融入赛麦台依的心中。你们要是夺走他的未婚妻，如日中天的赛麦台依英雄，怎能够将你们轻饶。他会带领精兵强将，冲进你们的家乡，烧毁你们的城堡，让你们的鲜血染红山冈。"

听完阿昆汗的回答，使者也毫不示弱，话语也像刀子一样："这是汗王青阔交给你的求婚信，也是向你们下的战书，如果献出仙女阿依曲莱克，女婿青阔交便是你们的靠山和支柱；如果不答应这门亲事，战火顷刻将在你的城堡中燃烧。你的臣民将在青阔交的屠刀下丧生，活着的战俘只会有曲莱克一人。"

青阔交的信使讲罢拂袖而去，众位大臣惊魂不定，面面相觑，而阿昆汗依然显得很镇定，继续与大臣们协商退敌之策。人们七嘴八舌，苦无良策，儒雅的军师拍着脑门，年迈的谋士紧锁着双眉，一筹莫展的阿昆汗万分焦急，拿不定主意。

托曼拜的儿子阿吉拜，是一个灵魂肮脏、诡计多端的小人，他的一双鼠眼不停地眨动着，他突然高声地吼叫着："为了一个阿依曲莱克，不能害得我们家破人亡。让我们把阿昆汗的女儿，捆绑在马尾巴上，快送往青阔交的营帐！"

对于阿吉拜的污言秽语，众人哗然，发出一片反对声和怒骂声。托曼拜父子不顾众人的怒骂和呵责，在一片骚乱声中站起来，高叫着向宫门走去："让我们冲进阿依曲莱克的宫殿，把她拉出来交给青阔交！"

托曼拜父子还没走出宫门，仙女阿依曲莱克已经来到了宫殿门口，吓得托曼拜父子惊慌失措，不知往哪里站。阿依曲莱克威严地站在门口，举目扫过大厅，骚动的人群一下子静下来，宫廷内鸦雀无声。

阿依曲莱克快步来到父王面前，恭敬地向父王行礼之后，转身面向众人施礼，她神态自若，没有一丝一毫的慌张，声音清脆而动听："与国土和民众相比，我曲莱克轻如鸿毛，岂能因我使国土沦丧百姓遭殃，又怎能容忍强盗践踏我的家乡？把我送给敌人难道你们不觉得可耻？请允许我飞向遥远的坎阔勒，请来雄狮赛麦台依英雄。那时我要亲眼看看，残暴的青阔交会有什么下场！"

阿依曲莱克的话语驱散了人们心中的乌云，好像黑夜之中点燃了明灯，众人脸上露出了会心的笑容，齐声将智勇双全的阿依曲莱克公主称赞，他们相信善良而聪明的公主会想办法拯救这座城池，也决不会对那个恶魔青阔交以身相许。

众人纷纷随阿昆汗举起双手，仰面朝天，向公主阿依曲莱克祈福、送行，祝她一路平安、一帆风顺，实现美好的愿望。人们将公主拥在中间，像花瓣托着花蕊一样。

仙女阿依曲莱克拜别父王和众乡亲，伸开双臂，变成了一只洁白的天鹅，轻轻拍打着翅膀，在一道霞光之中，飞出了被围困的城堡。

随着白天鹅闪动的银色的巨翅，狂风席卷着雪山草地，城堡在暴风中晃动。冰雹和暴雨向包围城堡的青阔交的兵马砸去，惊慌失措的兵马乱作一团，士兵们抱头趴在地上。

暴风雨过去了，湛蓝的天空中，出现了一轮火红的太阳。阿昆汗的女儿阿依曲莱克，展翅翱翔在天空。

阿依曲莱克展翅在蓝天飞翔，她送走了无数次落日，又迎来无数次朝霞，座座雪山在她的翅下掠过，一条条大河在她的脚下奔腾，越过千山万水，越过无边草原，还没有找到心上人赛麦台依住的地方。

阿依曲莱克又展翅飞过了托云山脉，向塔拉斯飞去。

她飞过塔拉斯河，飞过塔拉斯山，来到了塔拉斯平原，一座金碧辉煌的巨型陵墓出现在她的眼前。她知道这是公爹玛纳斯的陵墓。她挥动着双翅向公爹玛纳斯拜祭：

> 公爹，未过门的儿媳向您躬身施礼，
> 献上我对举世英雄的敬仰，
> 乞求你在天的英灵，
> 保佑您的后代平安。

阿依曲莱克不敢从玛纳斯的陵墓上飞过，她绕着公爹的陵墓飞了三圈，然后含泪飞向君王赛麦台依的宫殿。

草原上矗立着两座银色的宫殿，一左一右遥遥相望。草原的人马成群结队，熙熙攘攘一片繁忙。仙女阿依曲莱克在宫殿上盘旋了一圈，然后收落翅膀在靠近宫殿的山坡上。她像是投进了情人的怀抱，心中暗暗对心上人倾诉着满腔的忧伤。

正在这时，铁木尔王的孙女恰绮凯，打破了阿依曲莱克的美梦。她晃动肥硕的身躯走出宫殿，像一只吃饱的白色野山羊，花

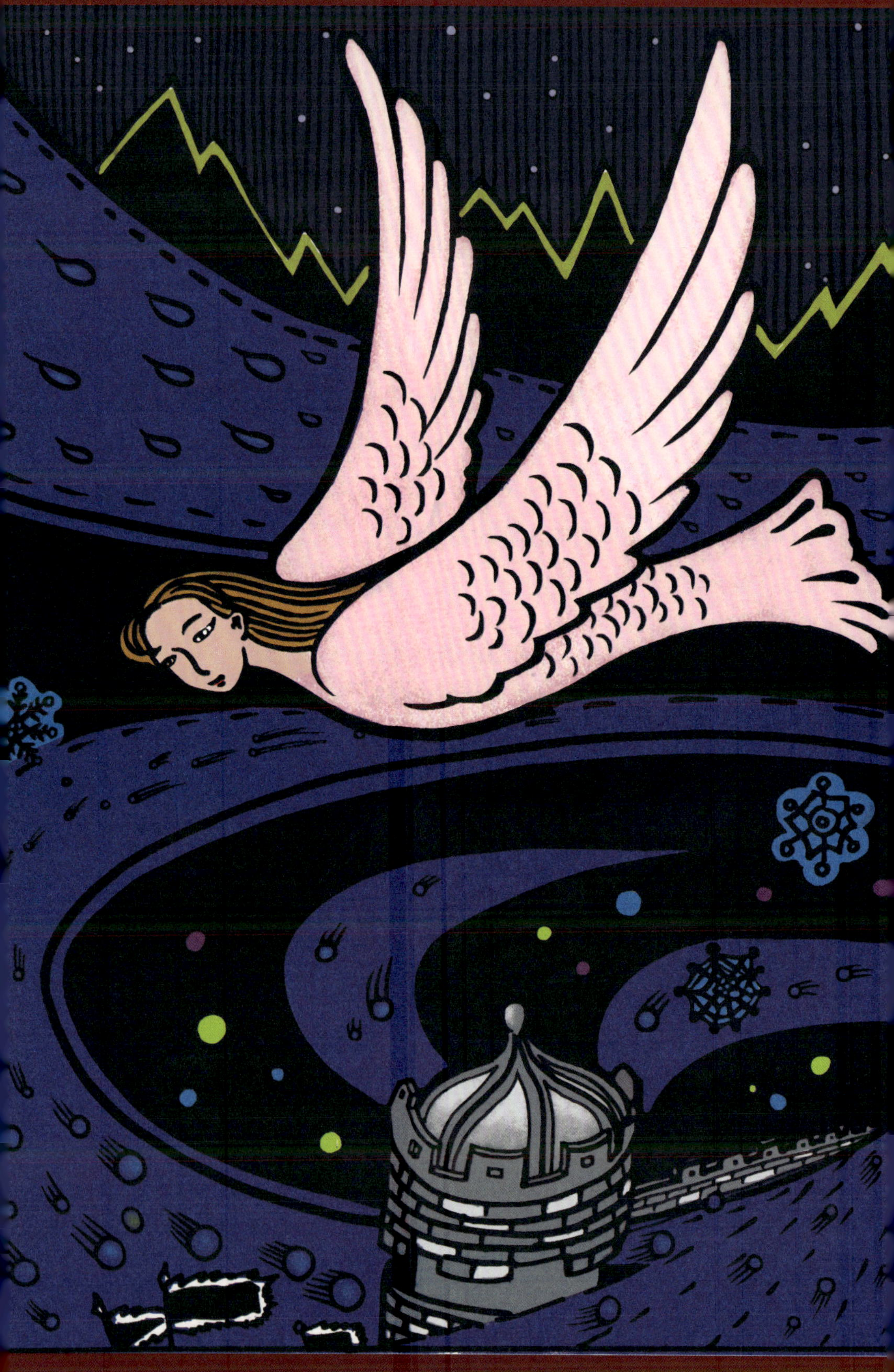

皮做的皮袄，长长的袖口拖在地上。阿依曲莱克看见了恰绮凯，她知道恰绮凯虽然模样俗不可耐，却是赛麦台依的原配。

阿依曲莱克扇了扇翅膀，恢复了她十五岁少女的形象，乌黑的头发在轻风中飘动，洁白的脖子像白玉一样光亮，这是她本来美女的真面貌，阿依曲莱克像鲜花般在恰绮凯身边绽放。

恰绮凯被眼前这位少女的美丽震惊了。她吃惊地望着眼前的美女，心快要跳到嘴边，浑身战栗，骨节铿锵作响。她全身发软，脚也迈不动了，突然没有了一点力气。

阿依曲莱克走向前恭敬地向她躬身行礼，说出的话就像被泪水浸过一样，她告诉了恰绮凯自己面临的处境，并希望找到赛麦台依。阿依曲莱克说完心里话，恭恭敬敬地站立一边像一只羔羊。而恰绮凯却没有像阿依曲莱克想象的那样善良，那样慈祥。她是鸡肠狗肚的小人，哪里有公主的高贵和风范。她的心被妒火烧得滚烫，说出的话像毒箭一样，她说："等着吧，阿昆汗的女儿，直到你头发花白牙脱光，直到你变成流水里的泥沙，你也不会找到赛麦台依。"阿依曲莱克虽然没有被羞死，但她呆呆地站在那里，串串泪珠滚落在脸颊。宫殿的大门被紧紧地关闭，遮住了她眼前一点点亮光。

第二天一早，恰绮凯匆匆忙忙地打开门，当她看到阿依曲莱克还在那里时，更是妒火万丈。阿依曲莱克看见恰绮凯，又一次走上前向她躬身致意："亲爱的姐姐告诉我吧，赛麦台依是不是知道了我的忧伤？英雄赛麦台依君王，是不是已跨上战马奔赴战场？"

气急败坏的恰绮凯，说出的话没一点人性，像利剑刺向阿依曲莱克的胸膛:"收起你的痴心妄想,宫殿的门对你永远不会开放。我要牵着你的手臂,把你送进我的厨房。"

听到恰绮凯这些恶毒的话,阿依曲莱克的心儿碎了,她眼前的世界失去了太阳。阿昆汗的女儿不能忍受这样的凌辱,阿依曲莱克转身变成一只白色的天鹅,带着满腔愤怒飞向天空。她俯视着地面上的每一个角落。她密切地注视着赛麦台依狩猎的必经之路,连一棵小草也逃不过她敏锐的眼睛。恰绮凯的辱骂点燃了阿依曲莱克心中的怒火,都说赛麦台依是天下无敌的英雄,她今天倒要亲眼看一看他有多大的胆量。

这时阿依曲莱克眼前一亮,赛麦台依骑着高头骏马来了。她看见赛麦台依高大的身躯,如同一座大山一样,他宽阔的肩膀,能站立两位巨人,他的脸颊,如同油炸的麦粒一样闪着紫铜色的亮光。一双晶亮的眼睛,像平原上的两个洼地,要是他瞪眼看着谁,那个人就会魂飞魄散。他高高的鼻梁,像山腹中突出的岩石,胡须像芦苇一样粗,头发像骏马的鬃一样,帽子上镶嵌的宝石,最小的也有碗口大小。他的手臂要是动一下,能使宇宙震动。他的热像夏天的阳光,他的冷像冬天的寒风。他能捕住风,他能捉住影。如果得到他的庇护,就能有推倒大山的力量。阿依曲莱克越看心里越高兴,她展翅在赛麦台依头顶的云端之中,爱情的烈火越烧越旺。

赛麦台依的左膀右臂,古里巧绕和坎巧绕紧跟在赛麦台依的身后,纵马直追。他们刚追到赛麦台依的身后,就看见一条轻纱落在大道上,洁白的轻纱闪烁着耀眼的光芒。赛麦台依拉住了灰色的骏马,他爽朗的笑声回荡四方,他大声说道:"是过往商客丢失的，还是库达依赐给我的幸福？看见这条闪光的白纱，我就有了战胜万名敌人的力量。"

赛麦台依刚要下马拾起地上的轻纱，眼疾手快的古里巧绕已将轻纱抢到手中。他把白纱扔到路旁的深坑中，在坑口压了一块巨石。他嘴里不停地嘟囔着："扔在路上的这条漂亮的轻纱，为什么没有人敢拾起？谁敢说这条雪白的轻纱，不是魔鬼变成的。如若君王需要白纱，我可以骑马到安集延去，给您购回成匹的优质白纱。"

赛麦台依虽然没有说话，但他的脸上却表现出了无奈，笼上了层层阴云。他取下猎鹰头上皮做的眼罩，放飞手臂上的猎鹰。他挥起马鞭敲响金鼓，巍峨的高山被震得摇动。鼓声震惊了湖面上的野鸭，它们惊慌地飞起，赛麦台依的猎鹰向野鸭群飞去。赛麦台依和两位勇士，抬头笑望着猎鹰捕捉野鸭。

赛麦台依招手收回了猎鹰，为猎鹰带上了眼罩，勇士们收拾捕获的猎物。

赛麦台依一行来到宽阔而水流平缓的大河边，他们正要下水渡河，赛麦台依眼前一亮，看到了河底的一块黄金，黄金放射的光芒有七种颜色。闪闪发光的黄金，赛麦台依越看心中越喜欢，他刚要弯腰去捡，黄金却变成了一条金鱼，金色的鱼鳞闪烁着耀眼的光芒，看一次变一样，看三次，变三样，赛麦台依越看越爱，心花怒放。当君王刚想下马去抓心爱的金鱼时，勇士古里巧绕却急忙挥动着马鞭把水搅浑。赛麦台依未抓住金鱼，看着浑浊的河水和古里巧绕，心中十分不满。他直起身来，在马上狠狠地抽了一鞭，丧气地飞马而去，勇士们飞马直追。

他们来到了长满芦苇的湖边，一只白天鹅骄傲地站在湖中央，她不时将头伸进湖水，衔出的绿藻像玉制的耳环。白天鹅不时曲颈向天，仰面高歌，就像拨动了库姆孜琴一样。赛麦台依为歌声所动："我要放出猎鹰，让它把白天鹅抓回来，这只可爱的白天鹅，我要将它饲养。"古里巧绕伸手拦住了赛麦台依："我亲爱的哥哥，就让我来猎取这只天鹅吧。"赛麦台依不愿使他失望，把猎鹰交给了自己的兄弟。古里巧绕没有取下猎鹰的眼罩，就将猎鹰放飞上蓝天。雄鹰迷惑地在空中盘旋了一周，又回到了勇士的身边。赛麦台依惊奇地望着古里巧绕："我亲爱的傻弟弟，你今天怎么了，是不是将脑袋忘在了宫殿里？"

赛麦台依为猎鹰取下了眼罩，白色的猎鹰像射出的飞箭。赛麦台依用马鞭敲响金鼓，为出击的白鹰助威，鼓声震动巍峨的群山。长颈的白天鹅听到鼓声，知道心上人已来到了湖边。她扑打着翅膀，湖面水花飞溅。她横扫着尾羽，湖面上白浪滔天。她展开双翅高声鸣叫着飞向天边。

赛麦台依的白鹰奋起追击，和白天鹅展开激烈的大战。赛麦台依看着猎鹰和天鹅在云端之上翻飞激战。天鹅和猎鹰大战，搅得天昏地暗，双双从天上落到了湖岸边。赛麦台依看着这场激战，心中感到忐忑不安。他慌忙对古里巧绕说："我亲爱的弟弟，你赶快飞马向前，将猎鹰和天鹅分开，它俩都不能受伤，你要将它们平安地带回我面前！"

古里巧绕张大了嘴巴，但他却咽下了跳到嘴边的话。他放开马缰，挥动马鞭，当他来到湖边，猎鹰已被天鹅压在身下，猎鹰可算是遇到了强劲的对手，力量已在厮拼中耗尽。白天鹅抓住鹰腿上的绳索，轻松地腾空而起，飞进飘动的白云。天鹅留下了几声得意的鸣叫，几根鹰毛落在古里巧绕的身边。

这时，天边涌来了浓云，狂风呼啸而起，峰顶下起了冰雹，山脚下是倾盆大雨。顷刻之间，暴雨停了，湛蓝的天空中，出现了火红的太阳。那只长颈的白天鹅，已飞得无影无踪。

在大路旁，赛麦台依正在怒斥古里巧绕："古里巧绕，你今天到底是怎么了，是魔鬼缠身，还是丢魂失魄？看见白轻纱，你不让捡，我要捉金鱼你将水搅浑。现在，未抓回天鹅又失去猎鹰，你让我心中多么痛苦。"

赛麦台依的眼中迸发出火星，脸上一阵白一阵红。他举起马鞭对着古里巧绕说："到底怎么回事，你得向我讲清。"他想打古里巧绕，又不忍心下手，举起的皮鞭还没有落下，就听到古里巧绕痛心的哭诉："亲爱的哥哥饶恕我吧，我跟你说实话，恰绮凯警告过我说见到白纱不要捡，见到金鱼不要捉，至于是为什么，我不好问，她也没说，但她的命令我敢不听？"

听完古里巧绕的话，赛麦台依急得高声大叫："快返回宫殿，抓住恰绮凯审问，一定要弄清楚事情的真相。"

赛麦台依宫殿前的广场上，古里巧绕在审问恰绮凯，周围有卫士、宫女等人，赛麦台依焦急地站在一旁。卡尼凯夫人、巴卡依等人来到了广场，众人马上让出了一条道。卡尼凯伸手拉起坐在地上的恰绮凯，给她擦着脸上的泪水："你是我家的儿媳妇，你怎么能够这样鸡肠狗肚的小心眼呢？小心妒火会将自己烧毁了！这桩婚事是在赛麦台依还没出生之时，在阿依曲莱克还在襁褓之中，就由阿昆汗和汗王玛纳斯定下来的。现在，面对强敌的威逼，阿依曲莱克想起了她的未婚夫，这又有什么错？如今，她已驻扎在阿昆汗城堡外的深山，在小河边的森林中，焦急地等待着赛麦台依。"

这时的阿依曲莱克做了奇怪的梦，她梦到门前的马桩上拴着一匹布丹马，它的四蹄不停地在地上踏动，一会儿它变得膘肥体圆。紧接着她又梦见黄莺落在花园的桃树上，没听见它啼唱也没看见它展翅飞翔。它身上放出的一团团的热气，快要把她的心都融化了。忽然，一切消失，有条巨龙般的白蟒蛇，凶猛异常地向她飞来，吼声呼啸着卷起阵阵大风，尾巴左右摇摆触动了天堂……紧接着，出现一条巨龙一样的黑蟒蛇，它的躯体似一座大山。它呼啸着从阿依曲莱克头上飞过，掀起了彻骨的寒风，霎时间天昏地暗日月无光，澎湃的河水也停止了流淌……阿依曲莱克从梦中惊醒，天已经亮了，她从白毡房中走出来，披着长长的黑发，去河边洗了手和脸。四个女仆替公主梳了妆。她们将阿依曲莱克的满头长发，编成一条条小辫。

梳妆之后的阿依曲莱克一个人走到一块石头旁坐了下来，用双手扶着双颊沉思着。众人看到阿依曲莱克的神态，都悄悄地向她围过来。看到众宫女向她走过来，阿依曲莱克让宫女们围坐在草地上，说："昨天夜里我做了许多奇怪的梦。"然后诉说了梦中的情景。

汗王的女儿哈里曼，是宫女中最聪明伶俐的，她站起身来走到阿依曲莱克公主面前，向公主恭敬地躬身行礼："我尊敬的曲莱克姐姐，让我来为你圆梦。您梦见骏马拴在木桩上，骏马的身体又肥又壮。它使劲地四蹄踩地，这还有什么可疑惑的，自然是

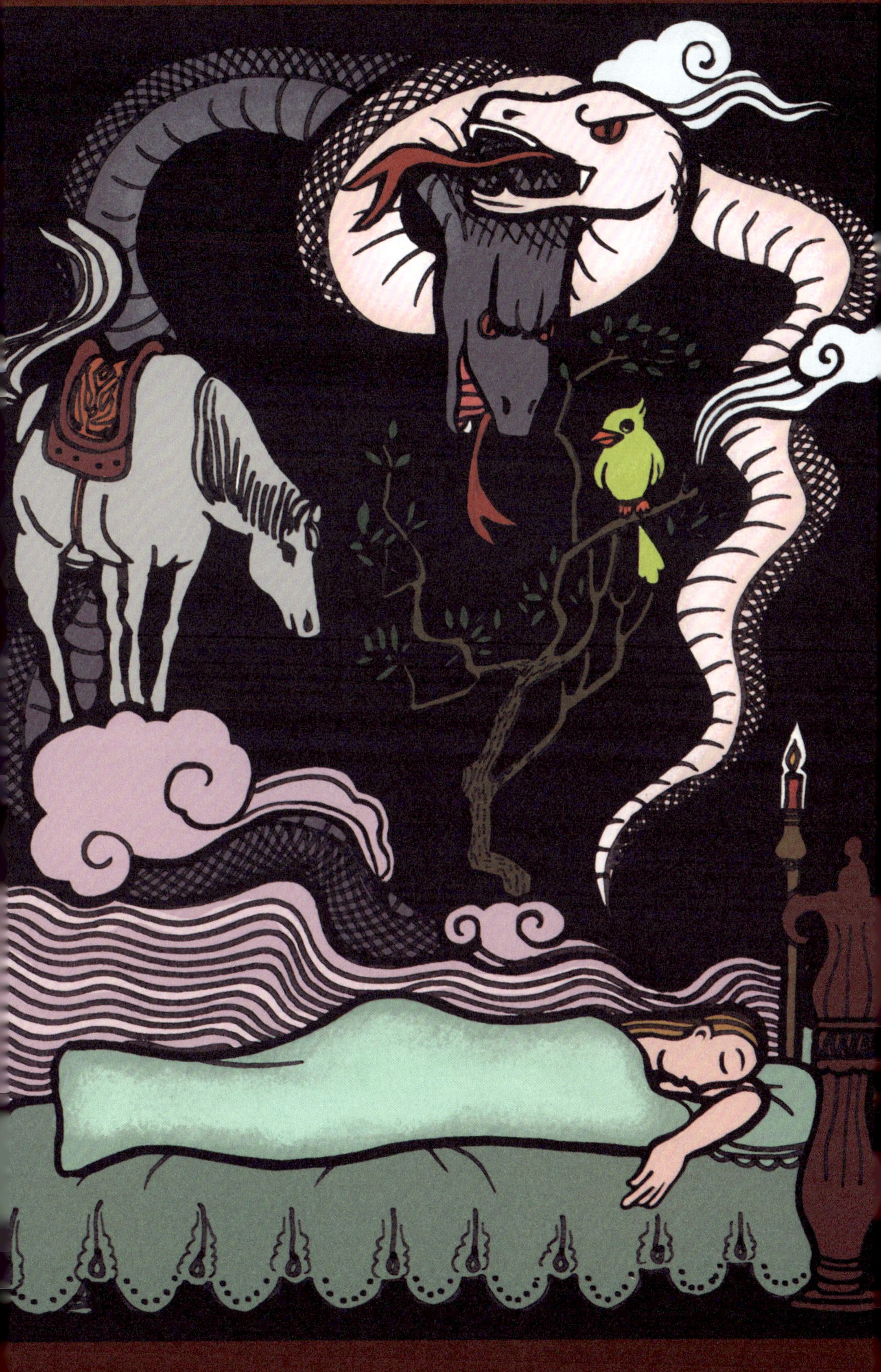

布茹勒骏马，驮着姐夫赛麦台依，来到您的身旁。您梦见布达依克鸟落在架上，既没鸣叫，又没飞翔，这还有什么好说的，明显是你手里的白猎隼嘛，姐夫赛麦台依寻找猎鹰会来到您身边。"

阿依曲莱克听罢欣喜万分，她吩咐众宫女赶快作好准备，迎接赛麦台依的到来。宫女们在毡房中铺上了花毡，壁上挂着鲜艳夺目的挂毯，绣花餐布上摆满了各色干果和包尔萨克①等油炸食品和冰糖，秋千架上，拴上了羊毛线织成的粗粗的绳索，深山中荡漾着姑娘们的欢声笑语。

果然，赛麦台依和古里巧绕、坎巧绕赶着马匹和驼队，翻过一座座山峦，穿过一片片戈壁，跨过一条条大河，经过四十天的艰苦跋涉，终于来到了阿昆汗的领地。

古里巧绕奉命来到了阿依曲莱克公主身边，经过交流，阿依曲莱克才知道面前这位青年就是未婚夫赛麦台依的亲使和兄弟。她按捺住内心的激动，收敛了笑容，将青阔交重兵围城之事细细诉说了一遍。她又忧心忡忡地说道："你们没有带一兵一卒，怎能拯救我们的城堡？你将我的话转告给赛麦台依，让他快想出办法。"没想到，她的话音刚落，赛麦台依便出现在了她的面前。英俊勇猛的赛麦台依让众人的眼睛一亮，他跟他的父亲玛纳斯一模一样。所有的人心里都暗自赞叹："也只有美丽的仙女阿依曲莱克能够与他相配。"

看到日思夜想的恋人突然出现在自己面前，美丽高贵的公主再也控制不住自己激动的心情，她拉住赛麦台依，凄婉而悠长的

---

① 包尔萨克：一种油炸的小吃。

述说，听得月亮都要流泪。

清晨，赛麦台依与古里巧绕和坎巧绕，飞马冲入围困阿昆汗城堡的侵略者之中，他们高喊着"玛纳斯"的口号，如入无人之境，左冲右突。青阔交与托勒托依的兵马一触即败，溃不成军，四处逃命。白天鹅阿依曲莱克在城堡上起伏盘旋，展翅飞翔。

城堡的大门打开了，阿昆汗率臣民迎接赛麦台依等进城。阿昆汗的臣民们倾城同欢，为赛麦台依和阿依曲莱克举行了隆重的婚礼。一位举世无双的英雄，一个美丽绝伦的仙女，在历尽了种种磨难和千辛万苦后，终成眷属，他俩开始了幸福的生活。

第七回
空吾尔进犯坎阔勒
众英雄保卫塔拉斯

赛麦台依率勇士杀死了青阔交和托勒托依，解了阿昆汗城之围，在与他指腹为婚的仙女阿依曲莱克成婚后，夫妻双双返回坎阔勒，居住在塔拉斯的汗宫之中。新媳妇阿依曲莱克在婆婆卡妮凯和老祖母绮依尔迪的陪同下拜谒和祭奠了公爹玛纳斯陵，同时观看了陵墓的豪华建筑和壁画，重温了汗王玛纳斯家族及其众臣和勇士的丰功伟业。恰绮凯本应同来，但这位心胸狭窄的女人却以身体不适为由装病未曾出门。

阿依曲莱克与婆婆卡妮凯一见如故，婆媳胜似母女，关系十分密切，况且婆婆是未卜先知的女中圣人，媳妇是山中仙女，她们二人携手同心与巴卡依老人一起辅佐汗王赛麦台依治理国家，将柯尔克孜汗国治理得井然有序，兴旺发达，繁荣昌盛。又有古里巧绕和坎巧绕两位天下无敌的勇士捍卫家邦，使柯尔克孜汗国及整个阿拉什又恢复了玛纳斯时代的国泰民安的辉煌景象。

自从玛纳斯的远征大军在别依京与空吾尔巴依会战之后，双方阵营都发生了重大的变化。十多年来，空吾尔巴依未能对阿拉什发动进攻，主要原因是，多年的战争使他的军事力量和经济实力都受到重创，一时难以恢复，加之艾散汗统治下的众将领大都不再听从空吾尔巴依的调遣，他也无力发动新的大规模的战争。另外还有一个重要的原因是，自从玛纳斯与众位英雄谢世之后，柯尔克孜乃至整个阿拉什已无一个可以与他对抗的英雄，他已经是天下无人能敌的好汉，他深知与没有英雄的部落打仗，有损自己大英雄的威名。当赛麦台依登上汗位，重新复兴柯尔克孜汗国的消息一个接一个地传入他的耳中之后，空吾尔巴依开始绷紧了自己的神经，他感觉到赛麦台依和他父亲玛纳斯一样，又是卡勒玛克人的克星。他整日坐卧不宁，他要寻找机会向赛麦台依发动进攻。

空吾尔巴依首先要找到一个熟悉情况的人了解柯尔克孜部落的情形。此时他听说有一个做生意的阿图什人，名叫托克托萨尔特，刚带着驼队从柯尔克孜地区过来，他急忙把托克托萨尔特请进宫中，以盛宴款待。在酒足饭饱之后，两人一拍即合，阴谋也最终敲定，由空吾尔巴依给托克托萨尔特五十驮茶叶、五十驮丝绸和五十驮珍宝，到柯尔克孜地区去贩卖，要进入赛麦台依的宫中，了解宫中发生的各种事情。空吾尔巴依表示，这一百五十驮货物和金银珠宝，就是给托克托萨尔特的第一笔报酬，事成之后还会有更多的回报。

托克托萨尔特不辱使命，很快他就给空吾尔巴依提供了十分准确而重要的情报，他说坎阔勒平原地区的青壮年男子全都赶着牲畜马群，搬迁到了高山牧场，就连赛麦台依的两位能干的伙伴古里巧绕和坎巧绕以及高参巴卡依和母亲卡妮凯也都搬到了遥远的深山牧场，赛麦台依只同一些老弱和妇孺住在塔拉斯城中。最严重的是城内由于水源污染，还在流行着严重的瘟疫，也夺去了一些人的生命。同时赛麦台依还犯了一个致命的错误，他将自己的神驹塔依布茹勒也放归于深山草原，失去了骏马的英雄就像折断了翅膀的鸟一样，别说上阵打仗，他将寸步难行。得到托克托萨尔特的情报，空吾尔巴依十分高兴，他兴奋得像孩子一样，一下子从座位上跳起来，又猛地摔倒在地上，老迈的体力已经不比当年，他趴在地上不停地咳嗽。但是托克托萨尔特的情报就像强心剂一样，让他精神倍增，一下子又从地上跳起来，端坐在宝座上。他立即召来了涅斯卡拉、穆拉迪里和乌尚商量偷袭塔拉斯城的行动。空吾尔巴依率领着几十万大军，日夜兼程向坎阔勒进发。

针对赛麦台依这一些错误的举动，卡妮凯和阿依曲莱克曾提出过质疑，赛麦台依根本就不听。他说：从冬牧场转入夏牧场，这是我们祖祖辈辈的传统，在城里和冬窝子蜗居了一个冬天，我怎能不让年轻人到夏牧场去快乐，现在天下太平，四海升平，我怎能让勇士们还死守在城中。我要让他们也到深山牧场去抓一抓膘，与牧民们一起去轻松轻松。对于汗王体恤下情，爱护士兵，卡妮凯和阿依曲莱克不好再进行阻止，也只好顺从王命。

勇士们进山之后，赛麦台依和两位王后也搬出城，在城外牧场上的行宫居住。这天，阿依曲莱克又对赛麦台依说："我尊贵的汗王，恰绮凯夫人也是娇贵的公主，她从小就娇生惯养，你可不能把她冷落，我更不愿落得独霸夫君的骂名。我看她气色不好，刚从外面回来，你应宰杀母马为她禳灾祛祸。我的英雄赛麦台依啊，不管你有什么看法和想法，你今天必须到她那里去，在那里住一段时间，这样才是做汗王的大度。"阿依曲莱克几乎是连推带揉，将夫君赛麦台依推出了自己的毡房。这天夜里，阿依曲莱克没有一点瞌睡，一人独卧毡房内，久久不能入睡。她心中烦躁，感觉到好像有什么意想不到的事情要发生。她索性起来穿好衣服，把头巾戴在头上。她突然发现毡房外似乎有黑影在晃动，还隐隐听到"沙沙"的响声，机敏的阿依曲莱克心中这样想到：今晚是否有强敌来偷袭？

阿依曲莱克这样想着，她没有像别的女人那样慌张，她从容地打开被褥旁的木箱，取出了白天鹅的羽衣，将它披在身上。她手握着一把锋利的匕首，悄悄走到毡房门旁，她用匕首撬开毡壁，朝外张望。她看见毡房已被持刀的士兵包围，还有骑马的卡勒玛克将军们从远处向这边驰来。阿依曲莱克已经明白了事情的真相。她不慌不忙地纵身从天窗飞出了毡房，从黑压压的一片像甲虫一样蠕动的敌群头上飞过，飞向恰绮凯的毡帐。

阿依曲莱克叫醒了汗王，又匆匆奔出城外，她要将强敌入侵的消息赶快向民众们报告，让城外牧场上各部落的民众赶快逃命避祸。

从深夜直到黎明，仙女阿依曲莱克不知飞了多少牧村，让多少牧民从死亡线上逃生，她最后回到城里，来到夫君赛麦台依的身旁。

空吾尔巴依率领着几十万大军，一夜之间就将塔拉斯城围得铁桶一般，兼用火炮和强弓硬弩，向城内发起猛攻，玛纳斯修建的城池坚如磐石，固若金汤，千百发重型火炮落在城墙上，连一点划痕也没留下。城墙外还挖有深深的壕沟，形成了一条宽阔的护城河，人马根本无法靠近城墙。城里吃的、用的，一切都储备得十分充裕，上百年也消耗不尽。只是那蓄水池中的积水受到了污染，成为最大的麻烦。

赛麦台依和阿依曲莱克双双登上了城楼，城墙上已无兵可守，赛麦台依十分着急，他想杀出城去与敌人交战，但没有战马神驹他寸步难行。作为保卫民众的汗王，赛麦台依焦急万分，他焦躁不安，甚至想步行或骑劣马出城交战。

阿依曲莱克同汗王分析了局势，她认为塔拉斯城易守难攻，只要不打开城门，这座金城汤池，从城外根本就不能攻进来，只要守住城门，等待救兵到来，城池将万无一失。目前最要紧的一是想办法治理污水，控制瘟疫。二是到夏牧场报信，让巴卡依携两巧绕带兵解围。阿依曲莱克在稳定了汗王的急躁情绪之后，首先飞回了卡依普仙山，从山上采集了治理水质污染和防治瘟疫的草药，治理了蓄水池中的污染，控制了城中的疫情。康复的民众纷纷走上城头，固守城池，然后她飞身进入山中。

从冬窝子搬入夏牧场中的勇士们，忙于安排夏牧场的牧事，对发生在塔拉斯城的敌情一概不知。巴卡依老人和坎巧绕毫不知情，但古里巧绕却心急火燎，几天来心神不定，吃不下饭，睡不着觉。他坐卧不宁，小腿上的肌肉咚咚地跳。瞌睡压住了他的眼皮，眼睫毛却没法合好。

古里巧绕无法安静，预感到了不祥之兆。从人间得不到消息，熟知鸟语的古里巧绕，只有从鸟语中收集情报。他从喜鹊的对话和乌鸦的叫声中，知道了坎阔勒平原布满了黑压压的兵马，这兵马来自何方，鸟类们都说不清楚。古里巧绕已感到了事态的严重，他立即通知牧马人，赶快找回领头的塔依布茹勒、可信赖的苏尔阔勇、如同长着四只翅膀的黑花马和巴卡依老人识途的灰白色老马。

恰在此时，阿依曲莱克收拢了双翅，落到了古里巧绕面前。古里巧绕领着阿依曲莱克赶快来到巴卡依老人和坎巧绕的身边，他们顾不上繁琐的礼节和寒暄问候，听阿依曲莱克简单介绍了事态的经过和汗王的决定，商量了对敌之策后，阿依曲莱克就匆匆飞回城堡，她要守候在汗王的身边以防不测。

巴卡依老人作出了战斗部署："我们三人可先带少量军马轻装快速下山，在坎阔勒山谷口暂扎下营寨，竖起战旗。古里巧绕小时候吃过神鹊的舌头，会说四十二种语言，可化装去敌营侦察。巴卡依的独生儿子巴依塔依拉克和阔绍依之子加勒格孜艾克，可在山上召集人马随后下山与敌军会战。"

按照巴卡依的吩咐，一行人日夜兼程，首先在坎阔勒树起了柯尔克孜部落金色大旗。虽然没有多少兵马，却扎下了几个大大的营垒，插了道道彩旗，彩旗上有各部落的图腾，好像是各部落的人马都已齐聚，摆下了惊人的疑兵。为了制造声势，甚至让一群山羊充当鼓手，号炮一响就敲起震天的鼓声。

古里巧绕有一个小褡裢，这是他的百宝囊，不论走到哪里，他都带在身上，人们感到神秘，不知里面藏着什么宝贝，其实就是他经常出门化装的道具，主要是七个城市民众的不同服装。他穿上卡勒玛克人的服装，俨然一副卡勒玛克人的模样。他骑上快马，大大方方地进入了卡勒玛克人的军营之中。

古里巧绕进了敌营，凭着他的聪明才智和应变能力，特别是他那熟练而纯正的卡勒玛克语言和大把的金钱利诱，以管理粮草的千人长的身份，很快与一位卡勒玛克管理马匹的千人长交上朋友。他们坐在河边的树丛中，按照卡勒玛克人的习惯一袋又一袋地抽着浓浓的烈性烟草，一边谈天说地地谈论着军中的事情。很快他就掌握了大量有用的情报，特别是卡勒玛克人每天不断增兵的消息。他不仅听到了对方的谈话，而且又从眼前草原上不断增加的密密麻麻的战马得到了证实。他有意无意间套出了军中的行动暗语和口令，然后客气地向对方告别，打马走出了卡勒玛克的军营。

他回到巴卡依身边，详细禀报了获取的情报。他们认为，仅靠坎阔勒的兵力不足以与卡勒玛克人抗衡，必须要向十四位汗王发出指令，限期在坎阔勒集结，与卡勒玛克侵略军决战。此时巴依塔依拉克和加勒格孜艾克正好率部分兵力，从山路来到山下扎营。巴卡依写好了点兵的书信，让巴依塔依拉克骑着自己的灰色骏马，加勒格孜艾克骑着白烈马连夜出发，通知十四位汗王，限各汗王的部队四十天之内在坎阔勒汇齐。

这天夜里，古里巧绕再次化装，他要进入空吾尔巴依的中军大帐。

空吾尔巴依的中军大帐别出心裁，与众不同，它是由一百二十头大象组成的。行军时大象一个跟着一个，驮着自己背上的行囊随军而行，宿营时一个个按照顺序排列，排成一个方形的阵型，打开每头大象的行囊，紧紧压在大象背上拼在一起，就组成了一个很大的军帐，架在大象背上。帐内一应俱全，应有尽有，不仅可供空吾尔巴依和内卫、内侍等几十名随员食宿起居，而且有可供近百人议事的座席。这座毡帐四面有四座正门，四角又有四个侧门。这八座大门供不同身份的众人出入。帐篷的顶杆是用钢铁做成，立在大象的背上，篷布的外面还罩有一层铁丝网。底部是用木板架在大象的背上，并用五层铁链连接加固。汗王的宝帐与厨房之间悬挂着一个华丽的帷帐。帐篷内分为六室，每室都有不同的门框，门外摆满了各式兵器。大帐的四周有四百名面目狰狞的武士，手执铁锤、板斧和长矛，把军帐围了十圈。

英雄古里巧绕看到这个阵势，心中也不免有些发慌。这时，一个手提葫芦的汲水人走出军帐，经过古里巧绕身旁，提水的仆人刚把葫芦伸进泉眼，古里巧绕就一跃压在他身上，他提起那人的双腿，将他的头淹在泉水之中，顷刻间，汲水人就把命丧。古里巧绕扒下了那人的衣服，穿在自己身上，然后将尸体藏在草丛之中。他转身提着水葫芦，大大方方地登上台阶，走进了军帐。

当他走进厨房，心中就有点发慌，厨房中并排放着十二口木箱，分别装着十二种物品，哪个箱子里装着茶叶、哪个箱子装着冰糖他根本不知道。他想：我怎么这么鲁莽，我应该把这些都问清楚再把那人杀死，如今就这样糊里糊涂走进了门，已无法返回，只有听天由命，大干一场。我要在茶里放上毒药，毒死这些凶狠的豺狼。古里巧绕给茶壶灌满水，放在熊熊燃烧的火炉上。他转眼望去，空吾尔巴依正在宝座上训话，下面坐着众位汗王与将军，持戈的武士布满了大厅的四周。空吾尔巴依说："索然迪克的儿子阿勒曼别特虽然英雄一世，最终还是死在了我的手中。如今他的独生子已经长大成人，据说是和他老子一样的无敌英雄。听说他勇猛异常，阴险狡猾，诡计多端。他会讲四十多种语言，又善于各种机谋与变化，经常化装侦察，杀人行凶。你们一定要提高警惕，严防他潜入营中，千万不可大意……"正在此时茶壶发出"嗞嗞"的响声，壶嘴里冒着团团白气，壶盖也被掀起。古里巧绕不慌不忙，打开箱子去取茶叶，他掀开盖子一看，里面却装的是馕。

该死的空吾尔巴依，时时都紧绷着神经，他虽然张嘴向众人讲话，圆溜溜的贼眼却死死地盯着四方，厨房中的一切他都看得清清楚楚。这位老辣的三军统帅，依然不慌不忙地讲话："刚才我已经说了，古里巧绕善于化装潜入，如今他已经在我们之中。"众人听后，个个惊慌失措，抱着头左顾右盼。空吾尔巴依依然慢条斯理地说："我的茶童竟然不知道茶叶在哪里！"他手向厨房一指："把他给我拿下！"

十二名喝血的杀手，把耳朵和鼻子当作护身符，悬挂在自己的脖子上，他们一拥而上，向古里巧绕扑来。

古里巧绕纵身从十二位杀手头上跃过，跳进了大厅，昂首挺胸，端端正正地站在空吾尔巴依的对面。

空吾尔巴依也从宝座上站起，高叫着："阿勒曼别特的后代，真是名不虚传，果然是一位有胆有识的好汉。今日你送上门来卖身售首，我就不能不收下你的首级！"

古里巧绕坦然应道："今日我只是将你探望，暂时留下你的老命。英雄只有在战场上一见高低，在那里再取你项上之头，为我父王报仇。今日既然与你相见，也要给你留下一个记号！"说着他顺手一扬，一只匕首飞出，割掉了空吾尔巴依的一只耳朵。

空吾尔巴依用手捂着流血的耳朵，嘴里声嘶力竭地叫着："杀死他，快杀死他！"上百名执戈的卫士一拥而上，将古里巧绕团团围住。

古里巧绕镇定自若，更加精神，他用匕首刺死几名靠近他身边的身壮如牛的大力士，寻找着退路。他发现整个大厅中只有一盏孤灯摇晃着，他甩手用匕首击灭了闪光的灯盏，宽大的军帐中一片漆黑。古里巧绕装作卡勒玛克人，用卡勒玛克语大声呼喊："快抓住刺客！"转身向门外跑去。这下，古里巧绕倒成了抓人的人，他高喊着冲出了军帐，武士们也跟着拥挤着向门外冲去。

古里巧绕来到了帐下，又想出了一个鬼主意，他用匕首接连刺伤了几头大象的鼻子，负伤的大象乱跳乱蹦，整个军帐像遇到强烈大地震一样，在晃动中倒塌。

古里巧绕趁乱又放了一把火，卡勒玛克的中军大院在烟火中沸腾，军中一片大乱。

古里巧绕折腾了一夜，黎明时候才返回自己的军中。

被古里巧绕折腾了一夜，第二天一早，面对倒塌的军帐、受伤的大象以及大火，头上扎着绷带的空吾尔巴依怒火填膺，气急败坏，他将所有的勇士叫到面前，不问青红皂白杀死了六十名卫士。他发疯似的高声叫喊："你们这些没用的家伙，连营门也看不好，昨晚让布鲁特人[①]闯进来，造成了这样重大的损失。如

[①] 布鲁特人：蒙古人对柯尔克孜人的称谓，意为高山牧人。

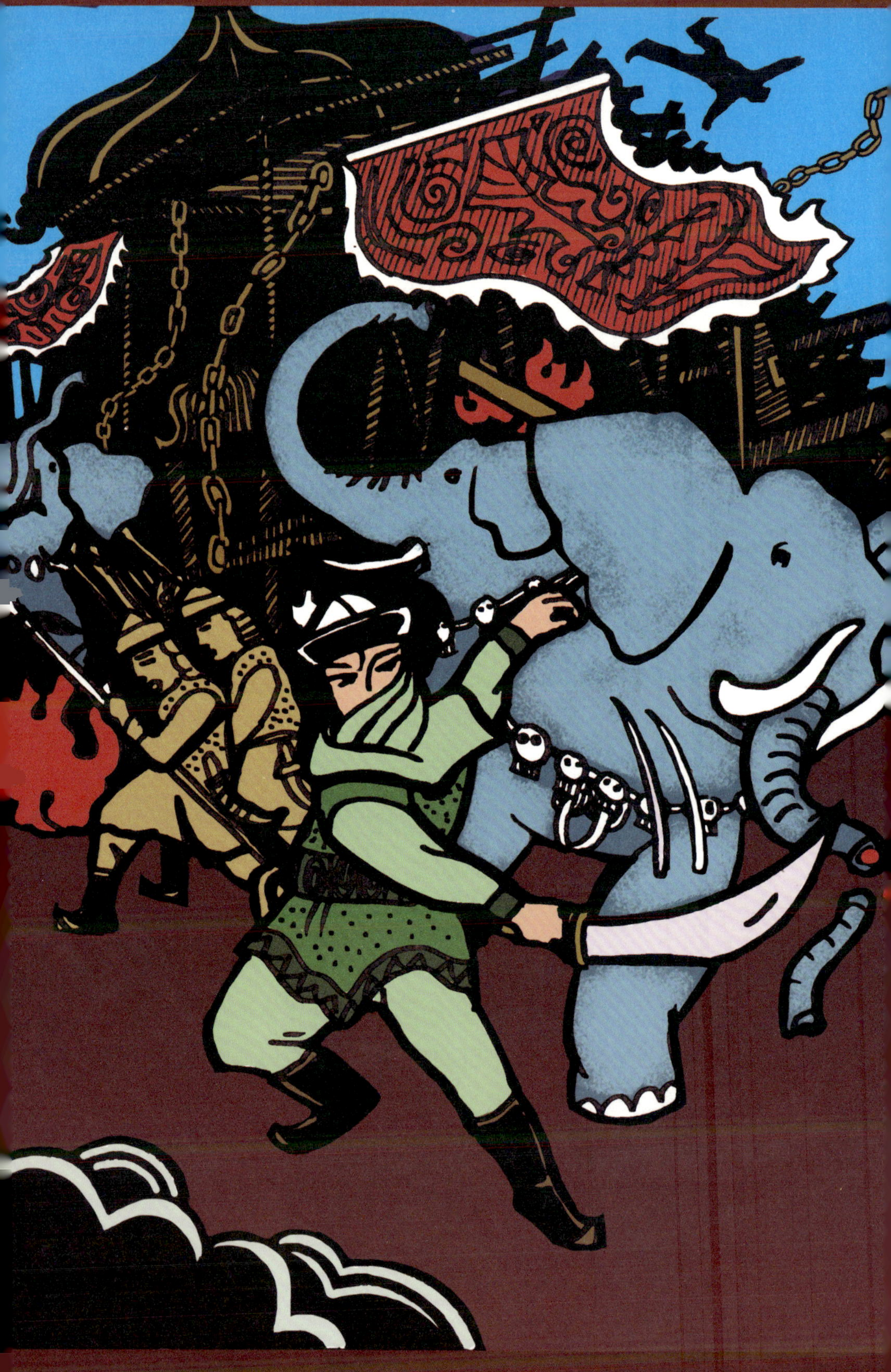

果不是我及时发现，我们大家都已完蛋，这是多么令人惊心的严重事件！如果你们再不警惕，恐怕一个人也回不去家园。为了洗刷你们的罪过，我们要不顾一切地攻打城堡，一定要杀死古里巧绕，活捉赛麦台依，将柯尔克孜人斩尽杀绝，让他们彻底在人间消失，如果做不到这样，我现在就把你们都杀掉。"

面对发疯的空吾尔巴依，众汗王一个个都胆战心惊，心想末日大概快到了，不知如何逃过眼前这一劫难。他们私下议论着：明知赛麦台依和古里巧绕英勇无敌，谁让你带我们到这里来送死；明知柯尔克孜人不可征服，谁让你发动这场战争。还没与柯尔克孜人正式开战，你就杀死了六十个弟兄；你如果杀光自己的兵将，难道由你一人独自去作战？可是面对震怒的空吾尔巴依，他们又不得不出战。

攻城之战一直持续了十天，每天都有大批卡勒玛克人丧命。炮火声和撞击声日夜不停，高山摇晃，大地火光一片，浓烟弥天，呛得人喘不过气来，要憋死一样。赛麦台依汗王率众在城中固守，城外的巴卡依在调兵遣将，十多天来，古里巧绕和坎巧绕也在不停地杀入卡勒玛克兵营，对敌军进行骚扰，牵制着敌人，使他们没有机会出去抢掠百姓。坎巧绕杀进敌营三次，每次都杀伤大批敌兵后撤回。古里巧绕冲进敌营，连续战斗了五天五夜，杀伤敌兵无数，不少大力士在他刀下丧命。

夜晚，已经十分疲惫的古里巧绕心想，卡勒玛克人，我要用严冬将你们凝固。他顺手抓起一块求雨的札答石，乘着夜色来到河边，他将札答石放在水边，河水仿佛沸腾了一样。他双手合十，面对天空，口中默默地祈祷，霎时间狂风大作，乌云密布，鹅毛大雪落在了卡勒玛克人的军营。古里巧绕回帐甜睡，大雪整整下了一夜，第二天早上，天气转晴，天空如洗，柯尔克孜军营仍然是秋高气爽的秋天，卡勒玛克兵营中却为冰雪覆盖，进入严冬。卡勒玛克人服装单薄，在冰雪中谁也不敢出门，只能躲进帐篷里的被窝中。

当天夜里，阿依曲莱克又带着汗王的指令来到了古里巧绕和巴卡依老人身边。

阿依曲莱克向诸位一一行礼问安，最后宣示了汗王的指令，她说："自从你们插旗与敌军作战，汗王始终披着衣裳站在城头，他忽而站起忽而坐下，已将坚如磐石的城墙踩了两个深坑。他想冲出城门厮杀，可惜没有坐骑无法出征，他急得眼中冒着火星。近日，他拿着'千里眼'不停向四周观望，双方集结兵力的情况他已一目了然。卡勒玛克人每天都在增兵，再这样下去战争将更加残酷。目前已到了驱逐卡勒玛克结束这场战争的关键时刻，他指令巴卡依大伯为全军司令，组织与卡勒玛克人的决战，他要求古里巧绕、坎巧绕以及诸位英雄，一定要设法把塔依布茹勒骏马尽快给送去。"阿依曲莱克最后传达汗王的话："我要骑马上阵，结束这场战争，如果不驱逐入侵的强盗，我还算什么汗王。"

英雄们一听汗王要他们护送塔依布茹勒，都认为这是最难的事情，阿依曲莱克却向他们娓娓道来："敌人已将城堡围得水泄不通，就连苍蝇也飞不过去；他们还请来了神箭手希普夏依达尔的儿子阔交加什，用他的神箭控制了天空。我白天都不能从城里飞出，只有夜晚才可能出城。在通向城门的路上，敌人布置了七层兵马，每一层兵马都由一个部落组成，由各部落的酋长统领，他们都是大名鼎鼎的英雄。兵马密密麻麻如同野草，无边无沿望不到头。七道防线各为不同的兵种，每一道防线前几千名勇士手拿同一种兵器，凶神恶煞地厮守在路口。你们白天别想靠近，只有在晚上行动。届时天空会有一位精灵把你们相助，他与我是同道好友，我让他变成一颗有尾巴的星，在夜空高高照耀，他的尾巴摆向哪个方向，你们就向哪个方向冲杀，定能平安进城。"将一切事项商量确定后，阿依曲莱克起身施礼告别，飞向城中向汗王复命。

　　第二天黎明，在坎阔勒平原上，两军对垒，进行决战，双方摆成各自独特的方阵，都想以强劲的气势压倒对方。

　　柯尔克孜大军背靠大山，面向平原，顺山摆成了长方形的战阵，前进可突破敌人的阻隔，与塔拉斯城中的兵马形成前后呼应和夹击之势。巴卡依坐在高高的将台上，面对战场，不仅可观望两军阵前交战的情况和前方敌军的阵形变化，而且还可以用"千里眼"看到汗王赛麦台依在城楼上的活动，随时配合汗王出城。高高飘扬的红色战旗，正面对着城上的汗王，使汗王在城楼上能够从正面了解战场的形势变化，决定他开城出击的最佳时机和方向。

　　卡勒玛克将攻城的军队转身变成背靠城堡、面朝大山的方向，这样他既要与前面巴卡依统帅的大军作战，又要顾及背后城内可能发生的变化，空吾尔巴依既要防赛麦台依出城参战，又要防止赛麦台依弃城逃亡。与前面的大军交战，背后不是自己的城池、军队和人民，这难免有腹背受敌的潜在危险。主帅涅斯卡拉坐在将台上，只能面对前面的战场，观察面前柯尔克孜军队的变化情况，而汗王空吾尔巴依，他不但要盯着前方决战的战场，更要密切注意看背后，不时回头将城堡观望。他此次不惜血本而来，目的是对战赛麦台依，他怎么可能将已经围困了一个多月的猎物放在脑后。仅从这方面来看，空吾尔巴依已感到了战局对自己不利，他后悔当时不应让巴卡依军队出山决战，应该将他们困死在深山之中，或者早该将他们用密集的火炮埋葬在狭窄的山谷。想到这里，空吾尔巴依已深深感到自己错误估计形势，小看了柯尔克孜的力量，更让他感到不安的是，一个多月来，他还没有看到他真正的对手——初出茅庐的年轻的赛麦台依——究竟有没有他父亲一样的王者气魄和枭雄的勇气、胆识和力量。

　　残酷的决战进行了三天，从第一对勇士走向战场交手，形势就对卡勒玛克人不利。更让空吾尔巴依十分伤心的是，他六十个弟弟中最小的弟弟——像一座能移动的大山一样的巨人奥若克格尔——第一个丢掉了性命。十七八岁的巨人奥若克格尔，被十五六岁的无名小将巴依塔依拉克从大象背上挑于地下，并砍下了头颅。奥若克格尔与空吾尔巴依是一母同胞，是他最亲密的，像儿子一样疼爱和精心抚养的弟弟。他年事已高，将卡勒玛克的未来都寄托在弟弟的身上。这次带他出来，就是先让他见见世面，谁知这个不知深浅的家伙，把你死我活的战场，当作了小儿的游戏，第一个跳出来叫阵，空吾尔巴依又不好过分阻拦。面对弟弟的阵亡，空吾尔巴依像掉了魂一样。他像饥饿的狮子在觅食一样疯狂，他像发情的公驼一样狂躁。仇恨的眼泪像汹涌的波浪，恨不能把柯尔克孜人全部淹没；他眼里冒出的火星，好像牛皮风箱吹起的火焰，恨不得把柯尔克孜大地全部烧毁。他披散着长发，表示对弟弟的悼念。他提起长矛跨上阿勒卡勒战马像旋风一样飞卷到战场，像一只寻找猎物的饿狼一样。

空吾尔巴依骑着黑犍马冲向战场，这个像魔鬼一样的家伙，没有人敢抬头张望，只有古里巧绕敢上阵与他对抗。

古里巧绕提枪上阵，巴卡依和加木格尔奇两位老人把腰带挂在古里巧绕的脖子上，为他祝福，保他平安。他高喊着"玛纳斯"的口号冲上战场，喊声像天空打响的惊雷，双方的军士都吓得浑身筛糠。

二人大战了整整半天，地上被踩出了一个大坑，各种兵器都已用尽，诸般武艺都尽力使用，谁也未能将对方战胜，一个是老当益壮，越战越勇；一个是少年英雄，愈战愈强。一个是血气方刚，勇于猛攻；一个是老辣沉着，稳于防守。一个是初生牛犊，一个是身经百战。空吾尔巴依毕竟是年事已高，稍有不慎就被机敏灵活的古里巧绕砍断了一只胳膊。众多的卡勒玛克人围了上来，把空吾尔巴依层层围绕，救回营中。

汗王受伤，已挫败了卡勒玛克人的锐气，三天的大战，对空吾巴依愈来愈不利，百岁的卡勒玛克老英雄乌尚虽然杀死了不少柯尔克孜勇士，最终还是丧命于柯尔克孜的一位一百二十岁的老英雄加木格尔奇之手。年轻的卡勒玛克英雄叶兰克尔，杀人如同用钐镰割草一样，一挥就可以砍倒几十个人，但也死于柯尔克孜人的刀下。

但这次大决战，柯尔克孜也损失惨重，平原几乎变成了火海，人马牲畜死伤无数。可惜老英雄巴卡依的独生子巴依塔依拉克，虽然在决战中斩将杀敌立下了头功，但最终也在战斗中被阔

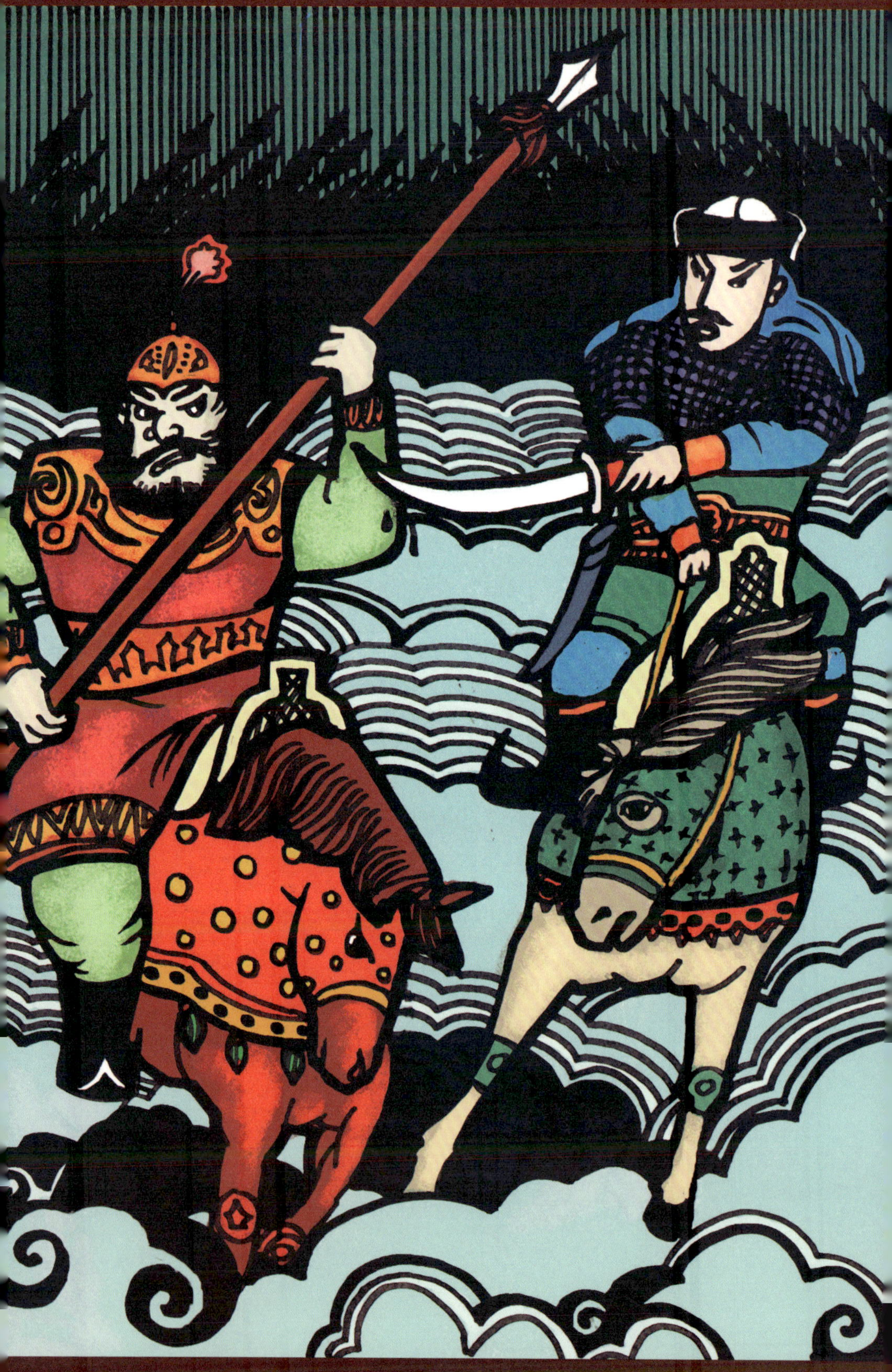

交加什的利箭射中，老年丧子给巴卡依留下了终身的痛苦。

眼见着紧跟自己战斗了一生的诸多英雄在战斗中丧命，空吾尔巴依十分悲痛，他欲杀敌报仇，可惜一只胳膊已被砍断，无法拿起武器。恰在此时，他的后军已经大乱，像受惊的马群乱冲乱闯，拼死逃命，哭喊之声惊天动地。空吾尔巴依回头一看，不觉也大吃一惊，原来是赛麦台依跨着塔依布茹勒骏马冲出了塔拉斯城。

空吾尔巴依急忙稳住阵脚，站在一旁注目观望，他不寒而栗，浑身打颤。他看到，赛麦台依同当年的英雄汗王玛纳斯一样，好像从天而降的尊神。他的保护神跟随在他的左右，更让空吾尔巴依吃惊。赛麦台依高山般伟岸的身躯骑在马上，众英雄在后紧紧跟随不离左右。一只凶猛的老虎在长啸着开路，一群梅花鹿和羚羊跟在后边飞跑，一条花斑蟒蛇在英雄腰上缠了三圈，将头伸向赛麦台依的耳旁。一位头戴华丽高帽的姑娘，她就是英雄汗王的保护神，一双射着金光的眼睛，像两盏明灯照着前方。还有一只白色的天鹅在天空中盘旋飞翔，她只轻轻地扇动了一下翅膀，就差一点把抱着头的空吾尔巴依从马背上掀翻到地上。

看着赛麦台依和他的保护神远远超过了当年的玛纳斯和自己，空吾尔巴依魂飞魄散心慌意乱，他催动着坐下的黑花骏马，抱着头不顾一切抢先逃跑！

第八回
坎巧绕叛变谋汗位
赛麦台依幻化消失

在英雄汗王赛麦台依取得了塔拉斯保卫战的胜利，正忙于组织部落民众消除战争创伤、建设家园的时候，有一天，他的姑姑卡尔德哈绮女扮男装从战火纷飞的战场中杀出重围，风尘仆仆地前来求救。

原来敌人想要污辱赛麦台依的亲姑姑，这分明就是对汗王赛麦台依的侮辱和挑战。赛麦台依义愤填膺，怒火冲天，举世无双的英雄汗王，怎能受此奇耻大辱。他当即单枪匹马，单人独骑，飞马奔赴杀场，替姑姑报了仇，解救了喀拉卡勒帕克部民众。

以后的十年，赛麦台依对来犯者毫不手软，保卫了家乡和人民。柯尔克孜人民度过了一段平安、幸福的日子。

"百灵鸟在绵羊背上筑窝""绵羊背上也能孵出小鸡"，柯尔克孜人以此来形容美好幸福、安定祥和的新生活，人们安居乐业，生活繁荣昌盛。然而，善良的人们怎能够想到，一个罪恶的阴谋正在紧锣密鼓地策划之中。

当阿依曲莱克成为汗后之后，有一个人忌恨在心，这就是恰绮凯，她最终成了汗王的祸根。这个淫荡轻浮的狐狸精，像灰水蛇般盘缠献殷勤，将坎巧绕勾引到她身边，用她矫揉造作的淫笑，挑拨坎巧绕与赛麦台依反目成仇。她让坎巧绕杀死赛麦台依，夺取汗位，做柯尔克孜汗国的汗王，她自己名正言顺地来做唯一的汗后。她咬牙切齿地说，一定要让阿依曲莱克做她粗使的奴婢。坎巧绕利令智昏，在恰绮凯的教唆下，由赛麦台依的"巧绕"，变成了赛麦台依不共戴天的仇人，成为全体柯尔克孜人的罪人。

坎巧绕与恰绮凯经过几次咬舌根的密谋之后，确定勾结托勒托依的儿子克亚孜发动武装叛乱。坎巧绕连夜给克亚孜写了一封煽动叛乱的密信，派密使马不停蹄日夜兼程，将密信送到了克亚孜的面前。

克亚孜是位耿直而粗鲁的壮汉，他虽然不识字，但他深知坎巧绕派人送来的密信绝非一般。他立即唤来了识文断字的读书人让他反反复复地朗读和解说坎巧绕的密信。当他完全明白了来信的用意后，克亚孜十分兴奋，他让读书人用心地写了一封回信，他在信中说："啊，好样的，坎巧绕，你是势力强盛的英雄，你的话就似黄金照亮了我苦寂的心，你的话好似火种，点燃我心中的怒火，我定向狂妄自大的赛麦台依讨还我父亲的血债。我将按与你的约定赴约，在那里将你等候，你如果真心实意与我合作，我将不惜性命与你配合。"为了表达自己坚定不移的决心，克亚孜也在信中写下了很多誓言和承诺，他们相约，如若背弃誓言，将受到惩罚。

坎巧绕接到克亚孜的回信，心情激动万分，他恨不能抽出鞭子，把挂在西天的红日，一鞭子抽落到西山。好不容易等到夜幕降临，他偷偷溜进了恰绮凯的宫里。他把信双手呈到情人的手里，二人相拥着看完了回信。这对阴谋篡夺汗位的奸夫淫妇心神荡漾，不可自已，好像他们已经成了汗王汗后一样。两个人在宫中彻夜未眠，直到雄鸡报晓，东方发白，恰绮凯才恋恋不舍地将坎巧绕偷偷送出宫外。

坎巧绕从恰绮凯的宫廷中悄悄地溜出来，看到四下无人，他便挺直了腰板来到自家门口，好像从自家屋里走出一样，在大门外举手摇足，伸着困顿的懒腰，然后又手忙脚乱地跨上战马，驰向古里巧绕的家。两位巧绕依照惯例亲切地表示问候之后，并未等坐下来，坎巧绕就迫不及待地说明来意："我的古里巧绕大哥，我许久待在家，没有能外出巡视周边的情况。昨晚我想起来心中有点发慌，我们就这样待在家中，边境上的情况不知咋样，如果外敌突然来侵，我们会措手不及受到损失。我想到塔什干和撒玛尔罕的边界去巡察，那里有很多通外山口，我们未在那里留下能抗衡强敌的英雄，也未能在那里布下眼睛明亮的哨兵。亲爱的哥哥，请把你的苏尔阔勇骏马借给我骑，请将你的布鲁姆战袍借我穿。骑上你的骏马，穿上你的战袍，就如同大哥你在我的身边，我才会有力量和智慧，我才能平平安安地完成使命，快去快回。巡察回来后我就会向你和大哥详细地汇报。"坎巧绕滔滔不绝，神情飞扬，讲述着自己的想法。这个逢场作戏的家伙，他将假话说得和真的一样，他说得天衣无缝，滴水不漏，心地淳厚善良的古里巧绕，怎能识破他的阴谋诡计。

坎巧绕以花言巧语骗取了古里巧绕的信任，骗走了古里巧绕的骏马和战袍，这都是他与恰绮凯的密谋设计，不只是骑骑穿穿，这里边是包藏着祸心，大有文章。坎巧绕飞身上马，就像饥饿中发现了腐尸的秃鹫，朝着塔什干方向驰去。

他翻过塔什干的高山，立马在高高的平台上，手持"千里眼"四处窥探，他没有发现任何动静和人影，更没有见到节迪盖尔人的大军，心想克亚孜是否失约未来，他为此感到失望。

他心急火燎，扬鞭狠狠地抽打着坐骑，飞马越过两道山冈，穿过了一望无际的浩罕，又来到了纳曼干的上方。他在这里又举起了手中的"千里眼"，向四面八方瞭望。他将所有的山口都看了个遍，还是没发现任何目标。坎巧绕怒气顿生，愤怒的火焰从心中直冲到头顶，他为克亚孜的失约咬牙切齿，摇头顿足。

就在此时，坎巧绕忽然听见"咚"的一声巨响，从山脚下传来了沉浑的枪声，在群山之间回荡。慌乱绝望中的坎巧绕，脸上顿时阳光灿烂，他兴奋地催动苏尔阔勇骏马，向山脚下奔驰而去。他看见山脚下有人山人海的千军万马，克亚孜正挺立在中军之中。

坎巧绕心中的一块大石头总算落了地，克亚孜正在山下装出围猎的样子以掩人耳目。狡猾的坎巧绕看到了克亚孜，他迅疾从马背上跳下来，牵着苏尔阔勇骏马，把马缰恭敬地交到克亚孜的手中。

看到父汗的骏马苏尔阔勇，克亚孜心如针扎，泪流满面，他像见到久别的亲人一样猛扑上去，抱着苏尔阔勇的脖子嚎啕大哭。克亚孜见物思情心痛如焚，实在难以自控，他抱着苏尔阔勇骏马，好像抱着父亲一样，痛哭不止。等他痛哭完毕，试图上马时，坎巧绕一把拉过马缰，把克亚孜推向一旁："这匹马早晚我会交给你，我还要送给你我身上的这件世上稀有的布鲁姆战袍。但是目前他们还都属古里巧绕所有，你要想得到这些东西，只有杀掉赛麦台依和古里巧绕，不然我们什么也得不到，还会丢掉我们的身家性命！只要我们同心协力，事成之后，什么都由你我做主，就连赛麦台依的两位夫人，也会归我们俩所有，恰绮凯将是我的汗后，美丽的阿依曲莱克仙女，我决不与你争抢。"对于坎巧绕的话，克亚孜心领神会，他俩好像久别重逢的亲人，互相亲吻对方的脖颈，结成了死党和生死之交。他俩预定好起事的时间、地点和方式之后，又重新立下誓言："如果谁在半路抛下了另一个，就会遭到万能的库达依的惩罚，愿受古兰经的惩处！"

为了表示二人的忠诚，他们宰杀了一匹青灰色的母马，二人将手伸进剖开的马腹之中，蘸着马的热血结盟。

对这两个枭雄的一举一动，众将士一个个目瞪口呆。虽然谁也不知道他俩说了些什么，但大家都预感就要有天大的祸事发生，他们一个个都提心吊胆心惊肉跳。

坎巧绕急匆匆地赶回，趁着夜色钻进了恰绮凯的宫廷，将他与克亚孜会面的情况和商量好的行动计划，向恰绮凯从头至尾作了绘声绘色的叙说。他反复告诫恰绮凯要沉着冷静，在他诛杀赛麦台依和古里巧绕之前，要紧关宫门，不要随意出入，更不要在娘们之间乱窜乱说，千万不要暴露行动的计划；要善于用各种不同的色彩将自己伪装，要严严实实地将心中的秘密隐藏，即使是天大的仇恨，也不要露出声色，对自己最厌恶的人，也要露出笑脸。他严加训诫，千叮咛，万嘱咐，在登基大典之前要收敛自己，注意言行，千万不可有丝毫差错，露出一点马脚。黎明时分，他偷偷摸摸地像猫一样溜出了宫廷。

等到太阳高照的正午时分，坎巧绕骑着苏尔阔勇骏马，装着刚从远处赶回来的样子，风尘仆仆地赶到赛麦台依汗王的大帐。他滔滔不绝地向众人炫耀他的边境巡察之行，渲染着草原的歌舞升平。他讲到高兴处哈哈大笑，用迷人的笑声掩盖他即将阴谋叛乱的万恶祸心。善良的人们都被他的假话蒙蔽，年迈的巴卡依感动地连声称赞他劳苦功高。

看到众人已中了他的圈套，坎巧绕野心勃勃开始紧密地实施自己的罪恶计划。他说："大哥，在返回的路上，我看到在几处坟墓前，都有祭拜祖先的人群。我想，百姓们尚且如此，我们这样的汗王之家，怎能不把祖先的英灵祭奠。眼下正是秋高气爽的季节，前去玛纳斯汗王的陵墓祭奠祖先的时机已经成熟。大哥，让我们牵上一匹白色的牝马，去将汗王的英灵祭奠。如果我们不及时去将先祖祭奠，先祖的灵魂也不会安宁，族人们也会将我们谴责。大哥，让我们现在就立刻前去，别让先祖们等得不耐烦！"坎巧绕油嘴滑舌，极力将赛麦台依劝说。

听完坎巧绕的话语，赛麦台依感到坎巧绕真是有心的人，他说的话十分在理，应该马上去祭奠父汗。他心悦诚服地表示赞同："谢谢你，你想得很周到，我这个当汗王的人简直就忙昏了头脑，巡察边境和祭奠祖宗这两件大事我怎么就没想到。"他转身又对古里巧绕说："古里巧绕，我们现在就走。"赛麦台依飞身跨上马背。

恰在这时，母亲卡妮凯迈步进入赛麦台依的院中。她严肃而急切地阻拦赛麦台依，她说："孩子，听娘的话，今天你哪儿也不要去，今天不是你该出门的黄道吉日，今天你一定要老老实实呆在家里。刚刚我还做了个噩梦，从远方来了一帮青面獠牙的恶贼，脱下了你的白色战袍，抢走了你的苏尔阔勇骏马，将你五花大绑着拖走，我从噩梦中惊醒，冷汗已将我的全身浸透。为此我慌忙向你这儿跑来。"卡妮凯抓住儿子赛麦台依的马缰，好像怕儿子从自己身边消失。可怜的母亲双眼淌着血泪，泪如雨下顺着脸颊流淌。"孩子，眼下不是去陵墓的时候，孩子，再过几天母亲陪你一同前往！"

就在这时，汗后阿依曲莱克也急匆匆地说："赛麦台依，我心中的太阳，我这两天也感觉到好像有什么不祥的兆头，我心中的太阳似乎失去了光辉，突然之间暗淡无光。本来男人们的事情我不该多嘴，既然母亲已经说出我也不妨说两句。我的汗王，你一定要听从母亲的话，你一定要听取母亲的建议，未卜先知的母亲，听她的话绝不会有错。"

经她们婆媳这么一劝说，赛麦台依已准备改变主意，暂时不去父王的陵墓。他刚要翻身下马，疯狂的坎巧绕冲上前去，伸手将赛麦台依紧紧按住："我尊贵的大哥你怎么啦，射出的箭焉能收回，已跨上战马你怎能又溜下马背，你怎么能如此出尔反尔。"他转身又怒气冲冲地对着阿依曲莱克吼道："阿依曲莱克你休要多嘴多舌，假惺惺地来无理阻挠，男人们所干的事情，女人们何必纠缠着瞎掺和。你来去自如独来独往，何时与我大哥商

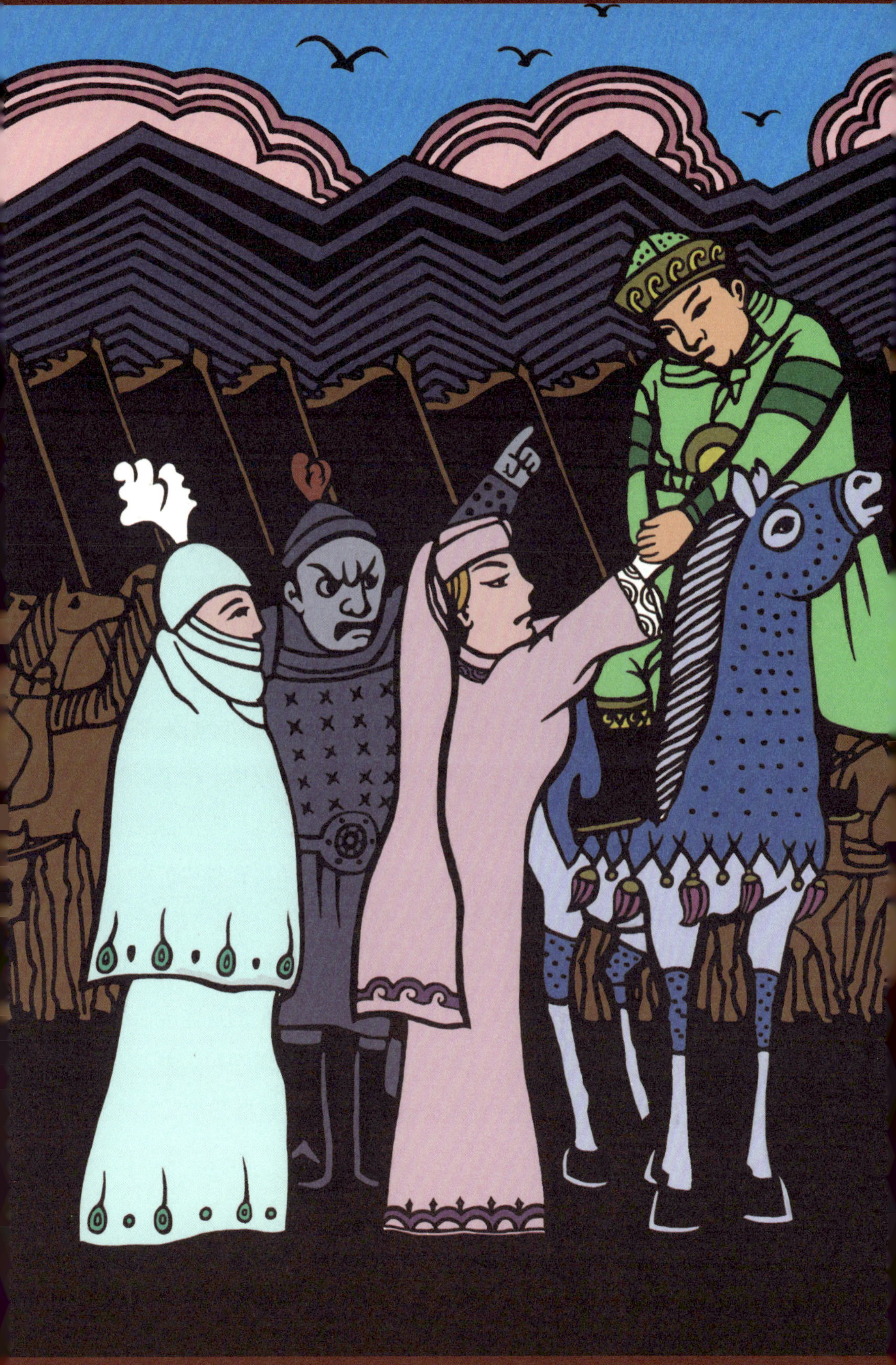

量；你自行其是究竟干了什么，何时体谅过我的大哥！"他话中充满了轻蔑和挑拨。他扬起了鞭子吼道："走吧，大哥，快催马上路，男子汉怎能让妇道人家牵着鼻子！"他"唰"地一下勒转了马头。

已经骑在马背上的赛麦台依进退两难，在坎巧绕的挑拨之下，他还是准备动身前往。此刻卡妮凯再次前来劝阻："孩子，我不是不让你去祭祖，而是让我们另选时间前往。你爹曾经留下一个规矩，如果星座排列不顺，他在出门前就要到试运气的石头处试试运气，如果能举起那块石头，就头也不回飞马而去，如举不起那块石头，就一声不响悄悄回来。孩子昨夜的星座明显是逆向①，你如果一定要去，是否也去试一试运气，如若举不起石头，就赶快回来。"

听到卡妮凯的这些话，坎巧绕更加愤怒，他咆哮如雷地指责卡妮凯："你老了怎么还多管闲事，汗王们的事情，哪里用得着你来纠缠！你说死神已经降临，你难道亲眼看到了吗？你说地狱里的魔鬼来了，难道是来将你追索？有我坎巧绕在身边护驾，谁人还敢来惹是生非，你究竟担心的是什么，是你儿子的安全还是你个人的利益？卡妮凯和阿依曲莱克，你们是要用腰带拴住我汗王大哥的手脚，除了狗谁还会听你们的话！你们的这些废话，让那沉睡的无情大地去听，让那脚下的黑土地去听吧！走吧，大哥，我们一刻也不要停留，别在这里听她们的鬼话！"

---

① 逆向：柯尔克孜人出远门或办重要的事之前，一般都要观天象，如果星座排列不顺，就不出门。

面对坎巧绕如此疯狂的煽动和叫嚣,卡妮凯不得不将谜底揭破:"我亲爱的宝贝儿子,我把真话先告诉你:坎巧绕与古里巧绕几乎是同时生下地,我把乳头放在古里巧绕嘴里,乳房中吸出的是乳汁,我全身也感到一阵轻松和舒坦;当坎巧绕吸吮着我的乳头,乳房中吸出的是鲜血,我全身都感到寒冷和疼痛。当时我就知道他将来必起祸殃,今天他这样不顾一切急不可耐要将你骗去,到底安的是什么心?孩子,你要想想,如果他没有不可告人的坏目的,为何如此急切如此疯癫!"

卡妮凯的一针见血,令坎巧绕脸色铁青,他竟然转身向赛麦台依坐下的马狠狠地抽了一鞭。苏尔阔勇骏马奋蹄而起,无敌英雄古里巧绕此时只有跟在后边紧追而去。

阿依曲莱克要去追赶,卡妮凯轻轻将她拉住:"算了,我可怜的媳妇,天意不可违,这是库达依的安排,人力是无法挽回的。看来我们俩相依为命同病相怜!"目送远去的赛麦台依,婆媳俩全身发软,两个人拥在一起昏倒在地上。

赛麦台依在恶魔的带领下奔出了宫廷,他虽然在精神上似乎已被该死的恶棍坎巧绕所控制,但还是没有忘记母亲卡妮凯的话。他跃马向"试运石"奔去,他还是想按照母亲的嘱咐去试一试运气。山冈上那个一块磨盘大的黑色巨石光洁鲜亮,十分耀眼。赛麦台依飞马来到石旁翻身跃下马背,他用手轻轻地抚摸着这块被父亲抚摸得光滑油亮的大青石,心里默念着父亲的名字,然后用双臂紧紧地抱着巨石,想将它抱起。谁知他用尽了全身力气,巨石一动也不动,好像长在地上一样。赛麦台依心中不服,他想,我曾经举起过毡房大的巨石,这块小小的石头怎么会纹丝不动呢？难道自己连这一点力气也没有了？他怎么能在两位巧绕面前丢人呢？他咳嗽着伸了伸酸痛的腰，然后脱下了外套抛了出去，又鼓足勇气，再次弯腰将岩石抱住。这次岩石还是一动不动，他自己却脸色发白，头晕眼花，腰好像折断了一样，全身发软，一下子倒在了巨石旁。一股一股的凝固的黑血，从他的鼻孔中喷涌而出。古里巧绕一下子扑上去，将赛麦台依紧紧抱在怀里，口中叫着："大哥，我们还是快回去吧，我们要相信卡妮凯母亲的话，今天确实不是黄道吉日，不是我们该出门的日子。我们先回去吧，大哥……"

没等古里巧绕把话说完，也没等汗王作出回答，坎巧绕就大喊大叫着抢先说话："古里巧绕，你还相信卡妮凯的鬼话，大哥今天这样元气受损，就是受了卡妮凯和阿依曲莱克的蛊惑，未下决心去祭奠先祖的英灵，受到了先祖的惩罚，我们怎能不即刻去将先祖祭奠，以祈求先祖的宽恕。古里巧绕，不信你看看我。我心中时刻惦念着先祖，今日又极力主张去祭奠圣陵，先祖的英灵就给了我无限的力量。"说完他走向巨石，伸手一抓，用一只手就将巨石托起，巨石像一个小小的苹果，被抛到了远方。

坎巧绕又装着和善慈悲地说："走吧大哥，我的运气就是大哥的运气。只要我们尽快去完成祭祖的心愿，大哥就一定会恢复元气，力气大增。大哥，我们的运气来了，我们快走吧，不要让祖先们久等。"

坎巧绕说完，已经兴冲冲地跨上了骏马，他深知，自己已经将圈套紧紧地套在了赛麦台依的脖子上。

他们驱赶着祭祀用的牲畜，很快来到了玛纳斯的陵园。赛麦台依焦急地催促着："天气已近黄昏，我们要以最快的速度完成祭奠，然后尽快回到宫殿。卡妮凯母亲已有嘱咐，我们千万不要留在外面过夜。"

正当他们杀马宰牛，匆忙准备祭祀之时，突然从山坡下传来了惊天动地的喧嚣声，浩浩荡荡的大队人马铺天盖地地蜂拥而来。望着由远而近拥来的千军万马，赛麦台依才感觉到卡妮凯母亲的话语果然灵验，他对身边的巧绕说道："弟兄们，你们看，卡妮凯母亲的预言一点也不错，今天这里看来不会平安。死亡之神正在向我挑战，我们要作好准备，安排应战。"

古里巧绕向汗王提出了建议："大哥，看来好像是克亚孜的人马，待我上前问清楚情况，他们究竟为什么而来，是来勤王护驾，还是举兵造反欲将汗王谋杀。不管怎样我得去与他交涉，也可能免去一场灾祸。"

坎巧绕心中暗暗高兴，他脸上却装出忧心忡忡的样子，继续玩弄着他骗人的权术："古里巧绕你住嘴吧，是你杀死了克亚孜的父王，是你抢占了他的骏马，今日他就是来找你复仇，你还妄想去与他交涉。你如去到他的面前，他定会将你撕成碎片。古里巧绕你只能在这里保护汗王，只有我能去抵抗敌兵。"他转身又对赛麦台依说："你的身体目前难以出战，只有我能担当得起抗击敌军的重任。我们三个人同食一个母亲的乳汁，就如同一个母亲所生的亲兄弟。今日两位大哥有难，正是我该英勇赴死、破敌立功的时候，我怎敢怠慢地推辞。只是我的劣马不堪重用，请将你的苏尔阔勇战马让我乘骑，我的武器也都是没用的钝器，请你将父王留下的色尔矛枪、阿恰勒巴热斯宝剑和阿克凯勒铁火枪，还有月牙战斧都交给我,这样我才可在战场上施展威风。今天是我把大哥请到这里来的,我一定要用生命承担我的责任。我要让来犯者一个个俯首投降,跪地求饶,否则一个也别想生还。大哥,如果我不能将强敌歼灭,就让我以我的热血,来表达对汗王的忠诚。"

面对坎巧绕的慷慨陈词,赛麦台依哪里还会对自己的同伴有一丝一毫的怀疑,他既不怀疑坎巧绕杀敌的能力,更不怀疑坎巧绕的忠心。他把他的坐骑、战袍和武器,还有他对坎巧绕的信任,都毫无保留地全交给了黑心肠的叛徒坎巧绕,等待他的将会是怎样的命运!

坎巧绕全身披挂,跨上了苏尔阔勇骏马,他挺枪催马刚走了两步,又勒住战马,调头回到赛麦台依面前。此时的坎巧绕完全暴露出了他凶神恶煞的真实嘴脸。他用枪尖指着赛麦台依,咬牙切齿地说:"赛麦台依,我把你当做靠山,你究竟给了我什么好处?可惜你今天让我得到了我渴求已久的骏马、锦袍和武器;赛麦台依,今天我还要索取的,是你和古里巧绕奴仆的性命!"说罢,催马而去,他疯狂地呐喊着,迎接同伙克亚孜。

叛军在坎巧绕和克亚孜的率领下,像决堤的潮水一样,向玛纳斯的陵园涌来,将赛麦台依和古里巧绕围在中间。赛麦台依催动着坐下马准备上前迎敌,尽管他手中只有一条马鞭,他仍不失英雄汗王的威武与风度。但是令他狼狈不堪的是,他坐下的劣马,步履艰难,迈不动四蹄。失去骏马的赛麦台依就像折断了翅膀的雄鹰,赛麦台依仰天感叹一声:"我牧养了很多骏马,但是像阿尔恰托茹这样的劣马,我却像骏马良驹一样喂养,它怎能与

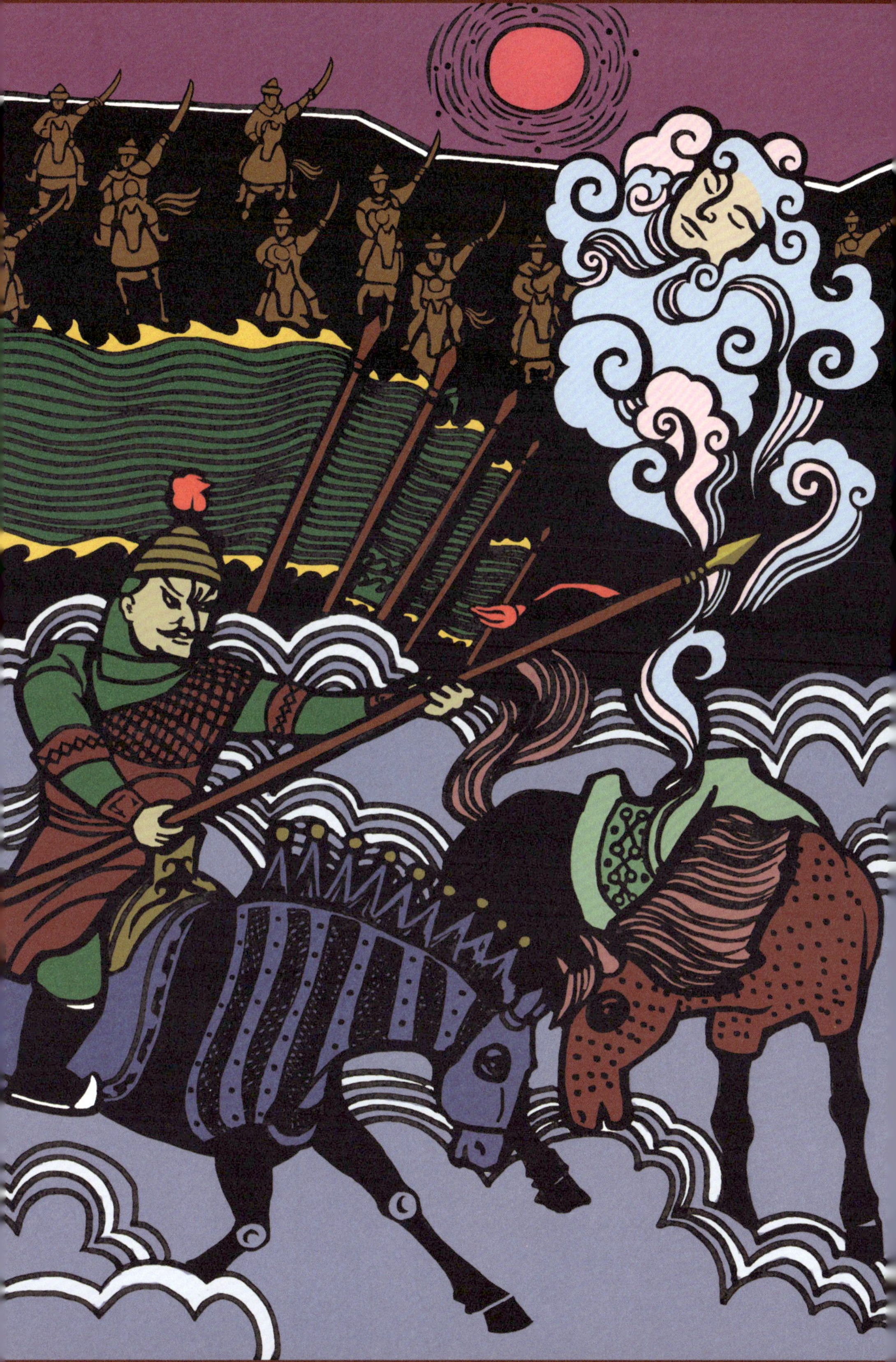

塔依布茹勒骏马相比；我招募了很多英雄勇士，像坎巧绕这样的黑心的恶棍，我却像亲兄弟一样相待，他怎能与英雄古里巧绕相比！来吧，你们的矛枪都向我刺来吧，我是有眼无珠罪有应得，但是不要伤害我无辜的古里巧绕！"古里巧绕走向前去，用身体护住了赛麦台依："坎巧绕，看在我们一起长大的份上，你们放过赛麦台依大哥吧，杀死克亚孜父亲的是我，抢走苏尔阔勇战马的也是我，你们杀死我吧，一切都与汗王无关！"

坎巧绕气急败坏地大声吼道："走开，你这个克塔依奴仆，我要先杀死赛麦台依暴君，然后再结束你的狗命！"他恶狠狠地一枪把古里巧绕拨向一边，高喊着举枪向赛麦台依刺去。

突然一道红光从赛麦台依身上发出，犹如霹雳闪电，所有人都吓得闭上了眼睛。当人们睁开眼睛，赛麦台依已毫无踪影，没留下一点痕迹。

人们高呼着赛麦台依，却不知他已幻化为仙，忘记了尘世的一切。

第九回
古里巧绕翦除克亚孜
赛依铁克锄奸登汗位

坎巧绕得到了赛麦台依的城堡，强迫卡妮凯放牛犊、巴卡依去放骆驼，自己则如愿以偿地篡夺赛麦台依的王位称王登基，并娶恰绮凯为妻。

坎巧绕威逼阿依曲莱克嫁给克亚孜，阿依曲莱克为了保护腹中赛麦台依的亲骨肉，假装同意嫁给克亚孜为妻，随他来到节迪盖尔。为了瞒过狡猾的克亚孜，她用咒语和法术将一个妖女变成自己的替身陪伴克亚孜，自己则精心呵护着腹中胎儿并将其骨肉在体内保存了三年时间，她用各种巧妙的办法躲过了克亚孜的怀疑，顺利生下了赛麦台依的遗腹子，取名赛依铁克。赛依铁克十二岁时从阿依曲莱克口中得知自己的身世后，决定为父复仇。为了铲除克亚孜，阿依曲莱克秘密与古里巧绕取得了联络。

此时，在节迪盖尔的克亚孜突然感到脑壳疼痛难忍，一直痛到五指尖梢上，思前想后，他突然明白过来："阿依曲莱克这个可恶的妖精利用了我的感情，她白天光彩照人晚上却狐臭熏人，她肯定是施用法术，让妖女变成她的替身来陪我睡觉，我这个汗王怎么当的，居然被这个妖妇骗到这种地步，让我丢尽脸面。"他整宿未眠，没等天亮，他不由自主来到马厩前，心里哀叹又发着毒誓："我怎么能那么轻易就把自己的神骏让阿依曲莱克这个妖女带走呢？那可是我的命根子啊，我怎么这么糊涂？我一定要找到阿依曲莱克，不杀了她，我就改名换姓。"越想心里越郁闷，也愈加慌张不宁，他选中了一匹叫阔依古冉的骏马，一走就是十二天。赶到达库米什的山口地带，他掏出望远镜遥望远处，发现了赛依铁克等人的身影。他飞身上马，准备冲上去拦住他们。

机智的古里巧绕也在拿着望远镜眺望，他发现了正向这边飞奔过来的克亚孜。古里巧绕是阿勒曼别特的儿子，也继承了阿勒曼别特的智慧和勇敢。他对众人说："克亚孜追过来了，你们快躲到安全的地方，我去和他决战。赛依铁克侄儿，叔叔的话你一定要记住，你骑着神骏，千万不能让克亚孜看到它，据说克亚孜见了自己的神骏，浑身的力量会成倍地增长。"说着拍马冲到阵前。

在一片开阔的地段上，古里巧绕和克亚孜开始交锋。古里巧绕威猛地向前冲去，他先不出招，他要看看克亚孜做何表演。克亚孜举起矛枪对准他狠狠地刺来，机智的古里巧绕就将刺过来的矛枪折成了十二截，反手紧握钢矛，用尽全身力气狠狠朝克亚孜刺去，克亚孜却像一块坚硬的磐石，稳坐在马背上纹丝不动。随即，克亚孜像一头疯狂的野兽般嚎叫着，一次次地向古里巧绕冲击，古里巧绕一次次接招迎敌，两人打得不相上下。克亚孜气急败坏，拔起一棵老梧桐树向古里巧绕砸过去，古里巧绕躲过了从天而降的梧桐，那梧桐将地面砸了一个大坑，地里的水直往外冒。古里巧绕把握时机，高喊着"玛纳斯"的尊名，吓跑了克亚孜的保护神。他拿出所有的武器轮番攻击敌人，不给敌人任何喘息的机会。黑脸膛的克亚孜此时的脸色变得更加铁黑，眼睛也变蓝了，他昂首发出了叹息："我骑的不是神骏，我的威猛和神力都无法施展出来，赛依铁克其实是赛麦台依的儿子，在我眼皮底下长大，我却没能觉察出来，都是那个妖女阿依曲莱克欺骗了我的感情，害得我到了今天这个窘境。要是我的神骏在我跟前，我会让这个奴才像骰子那样尖叫着落入我的网中！"克亚孜一心只想着阿依曲莱克，仿佛他真的娶了她，赢得了她的感情，现在对她的背叛气愤不已，他正在走神之际，被古里巧绕一矛枪刺中了肾部，但他身上并无丝毫伤痛。精通魔法的克亚孜早已将自己的性命附入野山羊的体内，他用六层厚厚的铁皮将身体牢牢裹住，矛枪从他身上反弹了回来。两人又开始搏杀对弈，苦战了两天两夜也没分出胜负。两人身上的衣扣全部被撕破，战袍也被撕扯得七零八落。奸诈狡猾的克亚孜趁古里巧绕不注意，突然从马背上跳下来，抓住古里巧绕高高举起，扔下山崖。举世无双的英雄古里巧绕武艺高强，练就了一身本领，他从万丈高的山崖上掉下来，却稳稳地站在那里，然后又一个纵身跃上山崖，向克亚孜扑过去。看到反扑过来的古里巧绕，克亚孜惊惶失措，心中充满忧虑："阿勒曼别特的儿子让我心悸，他让我感到了世界末日。"他感觉身体在虚脱，两手发抖，如果再继续战下去，他会丧命。想到此，他对古里巧绕说："古里巧绕，你若是条汉子，我们就回到马背上比高低。"古里巧绕慨然应允。克亚孜又来了精神，从身后拿出了一把长枪，步步紧逼，古里巧绕无法抵抗长枪，节节败退。仙女阿依曲莱克看到这番景象，忍不住泪水横流。

克亚孜越战越勇，也愈加得意起来，嘲笑道："号称天下无敌的古里巧绕也不过如此！"

拼命抵挡的古里巧绕在心中默默祷念，向玛纳斯的神灵及亡灵祈求，他希望祖先的神威显灵，能协助他脱离困境，扭转局面。这时，从塔拉斯高耸的山巅，升起滚滚尘雾，玛纳斯及仙逝的众英雄壮士的身影显露在尘雾缭绕的山顶。古里巧绕感到体力倍增，他对克亚孜怒斥道："嗜血成性的克亚孜，先辈们已经显灵来援助我，你必须停止野蛮的厮杀，否则会落得死无葬身之地。"

克亚孜对此不屑一顾，满口嘲弄的话语，口吐狂言："你这专喝酸奶的家伙，就会施用巫术骗人，今天我要当着你父辈的面，将你打翻在地。如果他们中间还有幸存者，我也会一一杀戮。"说罢，又对古里巧绕发起一轮新的进攻。正在这千钧一发之际，色尔哈克骑着铁勒克孜勒神骏出现在他们面前，他甩动着粗壮的胡须说：

> 我说古里巧绕，
> 你是英雄汗王的后裔，
> 你快把稻草人似的克亚孜，
> 一枪刺翻在地吧！

古里巧绕挺立在马背上，左右环顾，却不见了色尔哈克的影迹，色尔哈克的话语清晰在耳，但又恍若梦境。

古里巧绕勇气倍增，高喊"玛纳斯"的名字，骑着灰兔马，举起矛枪也向克亚孜英勇地冲击。机会再次降临给古里巧绕，他一下刺中了克亚孜的腋窝，克亚孜手中的战斧一下落到地上。古里巧绕迅速抓住克亚孜的衣服，策马将他向前拖去，直拖得克亚孜皮开肉绽白骨外露。到了一个草滩，刚放下他，这个该死的魔鬼突然浑身冒出了鲜血，大吼一声站了起来，跌跌撞撞又扑向古里巧绕。古里巧绕跳下马，一把拽起他的胳膊，旋转了几圈之后，将他狠狠朝尖石嶙峋的山崖摔去。然而，前后不到一顿饭的工夫，只见克亚孜咳嗽了几声，又站起身来摇摇晃晃向古里巧绕冲去。古里巧绕再次举起克亚孜朝山崖摔去，这次将坚硬的岩石都撞成了粉末。

古里巧绕怒火中烧，他连续六次摔死克亚孜，让他六次离开这个世界，可他复活了六次。古里巧绕在万般无奈的情况下，只好举刀砍死了克亚孜钟爱的神骏。克亚孜也随之轰然倒地，再也没有起来。

铲除了叛逆克亚孜，赛依铁克和母亲阿依曲莱克向各路汗王发出指令，将他们聚集到了一起以示庆典，然后踏上了归程，回到了久违的故乡塔拉斯。

赛依铁克回到塔拉斯之后，杀死了叛变篡位的坎巧绕，夺回汗位，成为玛纳斯家族的第三代汗王。他又在祖母卡妮凯、母亲阿依曲莱克和古里巧绕、巴卡依老人的帮助下找回了幻化遁入仙山中的父亲赛麦台依，使父亲恢复神智重返人间。

赛依铁克体大如山，没有任何一种动物可作为坐骑驮动他巨大的身躯，母亲阿依曲莱克十分着急，为他娶来了卡依普山中的善战仙女库娅勒为妻。夫妻俩并肩作战，保卫了柯尔克孜人民的平安，重振了玛纳斯家族的雄风。

赛依铁克是仙女所生，又娶仙女为妻，几乎生活在仙女堆中。他不恋王位，将汗位让给了儿子凯耐尼木，自己则隐居仙山，与仙女们欢娱终生。据说他成了长生不老的仙人，活了多少岁谁也不知道，只要玛纳斯家族的后代子孙有难，他都会出山相救，只要他一现身，子孙们就会逢凶化吉、遇难呈祥。

第十回

克斯莱提残害百姓
凯耐尼木为民除害

凯耐尼木九岁前身体瘫软，九岁时突然从床上跃身而起，拔下一棵大树杀向战场，并横扫千军，取得了反侵略战争的胜利。此后，凯耐尼木又杀死了在世上活了八千年的蛇头石身魔王居仁朵，食其舌头后他便懂得了世间万物的语言。十二岁他继承父亲赛依铁克的汗位，成为玛纳斯家族中的第四代汗王。他率领柯尔克孜各部击败了芒额特人、卡勒玛克人、克塔依人的进攻，取得了反侵略战争的胜利。随后他又打败了残害百姓的秦额什汗，与秦额什之女绮妮凯一见倾心，结成夫妻，生下了赛依特。他经常不顾鞍马劳顿，单人独骑深入柯尔克孜各部访察民情，惩处贪官污吏，为民除害。

有一天，这位举世无双的英雄佩戴着各种武器，骑着坎库拉神骏，来到了乌库茹克草原。他扬鞭驰过茫茫的荒野，来到波涛汹涌的河边，看到了一位白发苍苍的老渔夫正在撒网捕鱼。他也上前帮着老渔夫捕鱼，一边拉网捕鱼一边聊天。天快黑的时候，两人才收网回家。凯耐尼木受到了老渔夫夫妇俩的热情款待。老太太拿起木碗舀起一碗清水，在凯耐尼木头顶绕了三圈，然后端着水向远处泼去，为客人消除病魔和灾难①。

凯耐尼木在老夫妇家里住下了，每天起早贪黑地忙里忙外，像亲儿子一样照顾着两位老人。看到勇士如此善良和勤快，老人打心眼里喜欢上了眼前这位年轻人。细心的凯耐尼木发现两位老人日子过得紧紧巴巴的，总是愁眉不展，他感觉这里面一定有什么隐情，就试探地问道："二老平时就靠捕鱼为生吗？"两位老人点头。

"我看这里风景优美，地域辽阔，草原肥沃，人们的生活不应该是贫困的。你们的汗王治理得如何？"凯耐尼木说出了几天来一直萦绕在心底的疑惑。

果不其然，这触及了老渔夫的伤心处，只见老人脸色变暗，表情酸楚，悲悲切切地开始述说：乌库茹克大草原原来只住着一个部落，后来四个部落聚集于此，人们一直辛勤地耕耘和播种。直到克斯莱提登上汗位，平静安详的生活便有了翻天覆地的改变，他给老百姓派下沉重的苛捐杂税，交不起捐税的穷苦百姓就得挨差役的皮鞭，那些差役经常把人抽打得死去活来。他们抢走穷人那点可怜的口粮，夺去牧人的畜群，霸占美丽的姑娘，多少貌美的少女都被克斯莱提那个昏暴的君

---

① 这是柯尔克孜族的习惯，在接待从远路来的亲人时，要举行驱除病魔和灾难的仪式。

主奸淫蹂躏。克斯莱提的马蹄经过哪里，哪里就会留下老百姓的斑斑血迹。在这儿，有钱人的脸上发光，穷人生活在水深火热之中，暗无天日。

老渔夫擦了一下满脸的泪痕，又接着说道："残暴的汗王也不放过我这靠捕鱼为生的老头，他派下更为沉重的渔税，经常派差役来威逼。孩子啊，为了招待你，今天没有打鱼，我怎能交得上那些捐税啊。一会可能又有凶悍的差役来讨要捐税了，他们简直要把人逼向死路啊……"

正说着，一个卫士叫喊着撒马奔来。看到那个卫士，老人的面色如土，浑身瑟瑟发抖，脸上冒出了一粒粒汗珠，嘴唇哆嗦着说不出话来。凯耐尼木看到老人这反常的神态，有些迷惑，关心地问道："我的亲人，你怎么啦？你怎么突然变得心神不定了？你是不是哪里不舒服？"

"孩子，来的人正是要捐税的差役，是来讨要渔税的，今天交不上明天还会再来，如果再不交，就会被他们捆绑起来毒打。"老人惊恐地说道。

那差役在离老人不远的地方停下来，瞪起凶狠的眼睛，高声说："快去把所有的鱼拿出来，装到这个罐里。"

老人战战兢兢地哀求差役饶他一次，泪水也打湿了他的衣襟，怎奈那差役铁石心肠，根本不管老人的苦苦哀求，举起皮鞭就抽打起老渔夫，渔夫的老伴出来求情也没有用。老人身上留下道道血痕。

凯耐尼木抑制住内心的愤恨，走上前对差役说："住手吧，即使你将两人活活打死，得不到鱼不是也枉费了力气，看在库达依的份上，饶恕这对老人吧，如果明天交不上鱼税你再带他去受刑不迟。"

听了凯耐尼木的话，差役看到眼前这位勇士高大威猛，身穿战袍，像堵墙一样挡住了两位老人，他心里也有点胆怯，收起皮鞭说："好吧，明天早上除了鱼税，还要另外准备一份谢礼来报答我的仁慈。"说完就催马扬尘而去。凯耐尼木怒视着差役远去的背影，心中忿忿不平之情久久无法平息。

老人走上前拥抱着他说："好孩子，我们的生活就是这样。我必须连夜去捕鱼，如果明天再交不上鱼税，灾难就会落到我们头上。"

凯耐尼木说："老人啊，不要悲伤，今晚我陪你一块去捕鱼。"

聪明能干的凯耐尼木帮老人捕到了好多大鱼，两人高高兴兴地把鱼背回家。

两位老人一边收拾鱼，一边你一言我一语地叙说着克斯莱提的残暴恶行。凯耐尼木越听越气愤，说明了自己的身份和来意："二老，我跋山涉水来到这里，就是为了看看乡亲们生活的真实情况。过去我经过这里时，曾经听说老百姓在遭难，那时我正在打仗，不能在此停留，但我一直记得百姓的悲苦，现在是专门为此事来的。我认你们二老为父母吧，以后我会像亲儿子那样孝敬你们的。明天鱼税不要交，你们放心，我一定会惩处克斯莱提这个恶棍。你们先不要向别人吐露这些。我先去河边饮马。"说完就牵起坎库拉神骏向外走去。

饱受生活困苦的两位老人听了凯耐尼木的话后，变得精神十足，感到希望就在前面，他们把鱼全部煮熟了，和凯耐尼木一起饱食了一顿。多少年来，他们第一次吃到这么香的鱼，也是第一次吃饱。

知道天亮后凯耐尼木要去找克斯莱提算账，两位老人担心起来："那个恶魔克斯莱提力大无比，三年前，有个铁衣勇士与他大战七天七夜，最后也让他刺下马了，鲜血染红了他的衣襟。孩子啊，你得慎重，你一个人怎能战胜他？"

凯耐尼木安慰二老："父亲，母亲啊，你们不用为我担心，我的祖先就征战南北，我不会给我的祖先丢脸。"

老渔夫听到英雄提到了他的祖先，就追问下去："你的英雄祖先是谁？告诉我们好吗！"

凯耐尼木脸上露出自豪的笑容说："我亲爱的父母，我的第一辈祖先是战功显赫的玛纳斯，他的儿子赛麦台依英勇无比，赛麦台依的儿子赛依铁克也是叱咤风云的人，我是赛依铁克的儿子，总之，我们都是玛纳斯的后代……"

听说凯耐尼木是玛纳斯的后人，老渔夫激动得一下紧紧搂住凯耐尼木，老泪纵横："听到你是英雄玛纳斯的后代，我的心怎能不激动啊。你的父亲赛依铁克当年出征提尔丁城池，凯旋时从这里经过，因为我的父亲战死沙场，留下我和母亲，仁慈的赛依铁克赠给了我们许多金银财宝，让我们孤儿寡母好好生活下去。没想到后来，那个混世魔王克斯莱提登上了汗位，贪得无厌、荒淫无度，搞得百姓民不聊生……"老人跟凯耐尼木讲了许多克斯莱提的罪行，讲到天亮，直到差役又来催收鱼税。

这次，老人无所畏惧，站起身不紧不慢地说道："没有捕到

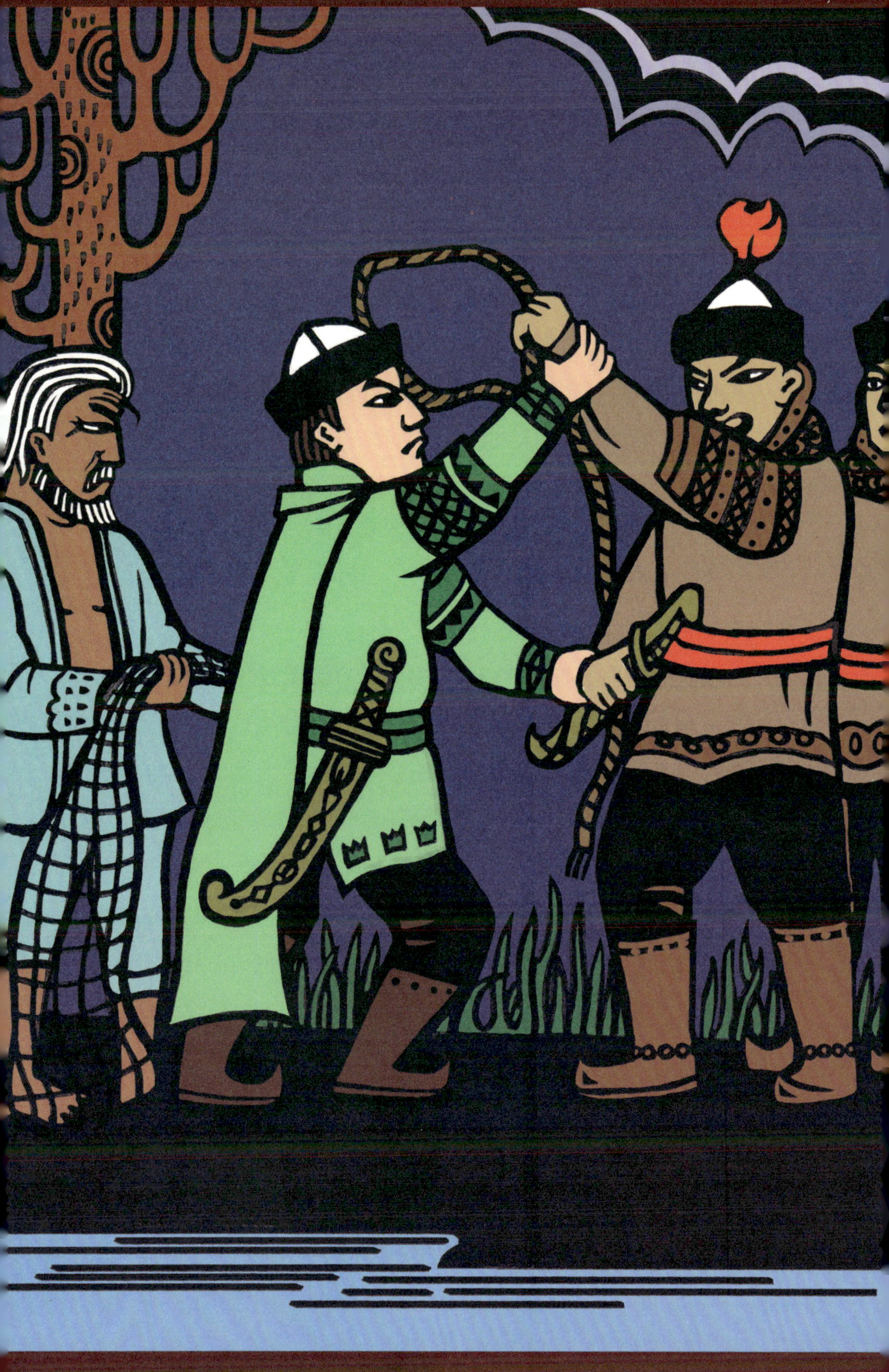

鱼，请你回去吧。"

差役第一次见到有人敢这样对他说话，而且抗税，气不打一处来："你竟然敢违抗汗王的命令？"说着就要将他捆起来。这时凯耐尼木赶过来，上前抓住差役的绳索，质问道："老人犯了什么罪？你说清楚。"

"你是哪里来的流浪汉，干嘛管那么多闲事？交税是汗王克斯莱提的命令，谁敢抗税就要绑走严加审讯。"差役根本不理凯耐尼木，对着老人就用皮鞭抽起来。凯耐尼木见状，飞起一脚，将差役踢翻在地，踩在脚下。老渔夫转身拿起木棍，在差役身上乱打起来，打得差役直喊饶命。直到老渔夫打得手臂酸软，才放走了差役，扣下了他那匹膘肥体壮的高头大马。

那个差役逃回克斯莱提那里后，哭丧着脸说道："尊敬的克斯莱提汗王啊，那个老渔夫欺侮我，他违抗了你至尊的命令。有一个黄皮肤的年轻人在他家住了三天，那个青年长了一双鹰一般的眼睛，非常凶狠，他将我的马抢去，将我一顿毒打……"

听了差役的哭诉，克斯莱提怒气冲冲地传下命令："你们快去把那个老渔夫和年轻人给我抓来！"被派去的除了这个挨打的差役，还有他的一个老头领。

那个老头领心里早就对克斯莱提的暴行不满了，听说来了一个英勇的青年，刚好也想去探个究竟。他和老渔夫也是老相识了。他召来老渔夫询问情况，当听说那个青年是赛依铁克的儿子凯耐尼木时，他立刻想法支开那个倒霉的差役。

看到差役走后，老头领立刻对凯耐尼木说："如果你真是凯耐尼木，我敬佩你的神勇，可你怎么一人来到这里？克斯莱提可是吃人不吐骨头的魔鬼啊，乌库茹克的乡亲们受尽了他的折磨和欺压。但愿库达依给你无敌的神勇吧，让克斯莱提的生命像烛火一般被狂风吹灭。"说完，道了平安后，两人挥手告别。

老头领比那个逃跑的差役抢先一步回到了宫廷，将情况告诉了克斯莱提。当克斯莱提听说在老渔夫家里住的青年是凯耐尼木时，如同五雷轰顶，他的脸色变得蜡黄，心惊肉跳地想着："难道灾难将要落到我的头顶？难道我的生命就要毁灭？"他不愿意相信老头领的话，正暴跳如雷地发着脾气，那个差役也跌跌撞撞地回来了，哭着说："汗王啊，来人叫凯耐尼木，他说要痛喝你的鲜血。"

"我得立刻迎战。"克斯莱提跨上铁勒套鲁①神骏，带领众兵士黑压压地向凯耐尼木住的地方涌去。他决定与凯耐尼木拼一胜负。

两人恶战了半个月，仍然不分胜负。卫士建议休战十五天后继续开战。

再次开战，两人打得昏天黑地，已经过去了七天时间。克斯莱提心生诡计，他假装咳嗽剧烈地摇晃着身体，以此分散凯耐尼木的注意力。"这个癞皮狗怎么了？"凯耐尼木愣了一下，心里想道。就在他发愣的一刹那，克斯莱提乘机抡起战斧向英雄的头上砍去，战斧迅捷得像银色的闪电，凯耐尼木的盔帽已经被鲜血染红。

---

① 铁勒套鲁：柯尔克孜语，指吃两匹母马的奶长大的枣骝。

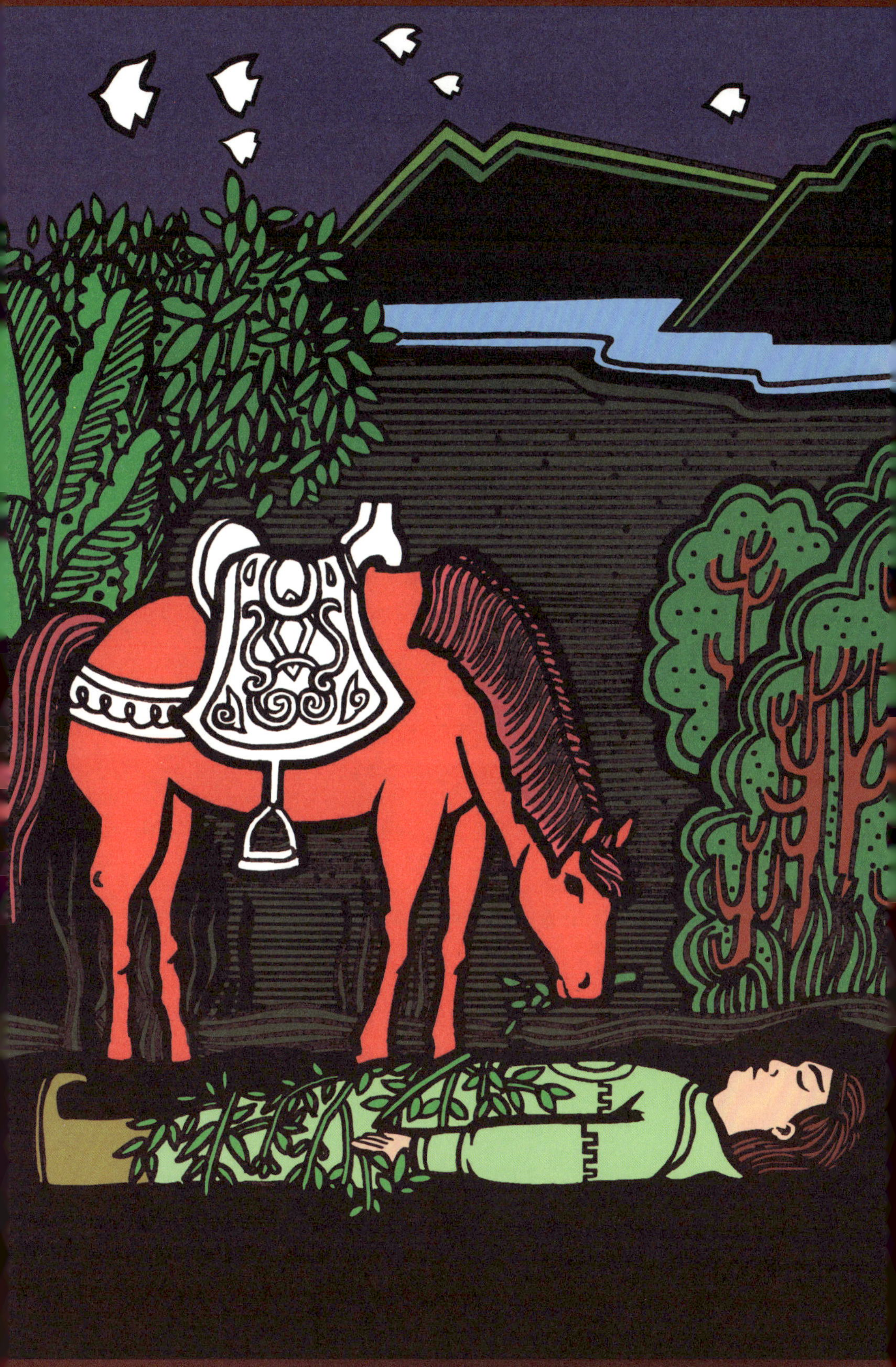

坎库拉是一匹通晓人性的神骏，它看到主人负了重伤，立刻朝后面放了浊气熏天的烟雾，驮着凯耐尼木，撒开四蹄跑到河边，又跃身水中，渡过了茫茫大河，窜入密林草丛深处，将满身鲜血的英雄放下，用一种药草掩埋住了凯耐尼木，那药草可以止血疗伤。直到天快亮的时候，凯耐尼木才恢复了知觉。他抚摸着救了自己性命的神骏，一边又想到了那两位老人，他必须将他们一起接过来，否则他们定会遭到克斯莱提那个恶魔的报复。想到这，他忍着疼痛，强渡过激流，将两位老人也接到了这座孤岛上一起生活。

听说凯耐尼木不见了踪影，老渔夫夫妻也逃跑得不知去向。克斯莱提仰天狂笑："我已经将凯耐尼木打败，我已经是天下无敌的盖世英雄了。"

凯耐尼木在那个岛屿休养了一个月后，身体已经康复。他带上两位老人离开了岛屿，又回到了老渔夫的旧毡房。

听说凯耐尼木再次前来征杀，克斯莱提失去了对生的希望，他内心感到无比沉重。

恶战又进行了十五天，凯耐尼木向玛纳斯的神灵默默祈求着，这时，云端里出现一个红孩儿，牵着一匹闪着光的神骏，神骏上坐着一位神态威严的英雄，身后簇拥着四十个剽悍的勇士，手里都高举着明晃晃的刀枪武器。英雄玛纳斯头上发出冲天的灵光，照耀得凯耐尼木精神抖擞，体力充沛，他猛地举起克斯莱提，用力向山岩上抛掷过去……

克斯莱提被摔得奄奄一息。凯耐尼木对着众乡亲高喊："你们有谁愿意为他求情？"

"杀死他，杀死他，杀了这个害人虫！"喊声如同卡拉苏的怒涛，响彻天空。

神勇无敌的凯耐尼木结束了克斯莱提的性命，为可怜的老百姓铲除了一条大害虫。

凯耐尼木是仙女所生，他继承了母亲善战女神的勇猛和神威，又具备了父亲高大的体魄，力大无穷，被称为"黄脸死神"，所向披靡，战无不胜，又与鱼王结盟，与神鸟交友，是一个跨越三部史诗的神话英雄。

第十一回
卡拉朵恶贯满盈
赛依特代父出征

　　柯尔克孜汗国的第五代汗王、玛纳斯的玄孙赛依特是凯耐尼木的独生儿子，他从九岁起就随父出征，统率千军万马，与强敌进行英勇的搏斗，立下了赫赫战功。如今，赛依特已经是整十四岁，父亲对他要求极严，每日不仅要在园内抡枪舞剑，演习武艺，而且还要在房内读书写字，研习经典。按照父汗的安排他正在房中诵读经文，研习经典。他的母亲绮妮凯突然急冲冲地来到儿子房间。赛依特赶快站起来，给母亲让座，向母亲问安。

　　绮妮凯并未坐下，她心急如焚地告诉儿子："造物主赐给我的宝贝儿子，我只盼着你快快长大，为母亲分忧解愁。你父汗又怒火冲天，不知又要动身去哪里征战，他没告诉我是因什么原因，因何事又要拼杀？他的对手究竟是谁，我一点也不清楚。孩子，我心中十分着急，你快去为他送行，并刨根问底，问个原委和究竟，能劝他不去打仗更好！"

　　绮妮凯说完了这些话，赛依特完全理解母亲的心意，他披上一件袷袢①，快步向父汗的大帐走去。此时汗王凯耐尼木已全身披挂，一只脚刚踏入马镫，儿子赛依特已来到了他的身边，抓住了马缰，另一只手搂住了父亲的后腰。凯耐尼木转过身来，将儿子紧紧抱在怀中。

赛依特抬头注视着父汗已经挂霜的长须和依然炯炯有神的双眼，首先向父王亲切地问安，然后转入了正题："父王，您一人怒气冲冲跨上战马，又要去征讨什么样的仇敌？您以往出征打仗，还带着孩儿同往，同时还有众位将军和兵马随行。今日您一人急匆匆前往，也不向母亲和孩儿说明情况，这怎能不让母亲和孩儿操心？"

听到儿子亲切的问话，凯耐尼木仍然激动地回答："我的宝贝儿子，你别再问啦，在离我们三个月路程的科尔科特城，有一个被称作卡拉朵的恶棍，他凶残暴虐无人性。他不仅抢劫客商残害百姓，甚至每天都要生吞活人、吃人心肝，这样的恶魔我怎能让他活在世上为所欲为。我一刻也不能等待，我要立刻前去将他生擒活捉。"

听完父亲愤怒的叙说，赛依特向父王表述了他的心迹，他已经长大，他要替父汗出征。

听了儿子赛依特慷慨请缨的一席话，父亲凯耐尼木却这样发话："孩子，你还年少，你只有雏鸟一般大，你只有十四岁，此时正是放鹰纵马戏耍的年华，怎能让你到血与火的烈焰里去煎

---

① 袷袢：柯尔克孜语，一种对襟、无扣、长袖的外套。

熬！孩子，你阿大我如今还健在，怎能让幼小的娇子去远征，怎能让你去拼杀！"

凯耐尼木说完这些话，儿子赛依特却微笑着露出了整洁的白牙，他再一次向父王陈述着自己有理有节的真实想法：

> 我心地慈善的父王，
> 请您再听孩儿说几句话：
> 我的高祖玛纳斯，
> 十二岁时就东征西战威震四方；
> 我的曾祖赛麦台依，
> 十二岁时就惩处叛徒名扬天下；
> 我的祖父赛依铁克，
> 十二岁时就杀死强敌夺回宝座；
> 父王您更是英勇无敌，
> 九岁时就跨马出征横扫千军万马。
>
> 孩儿我已经整整十四岁，
> 难道还只能做花圃中的嫩芽！
> 不出征怎能变成男子汉，
> 不打仗怎能成为无敌英雄！
> 父亲，就让孩儿代您去出征，
> 就让我去杀死这个恶魔！

尽管赛依特慷慨陈词，态度诚恳，爱惜独苗幼子的凯耐尼木还是寸步不让，毫不松口，他说："赛依特，我的小马驹，你还是稚嫩的儿郎；赛依特，我的小驼羔，你的骨骼还未长硬；赛依特，我的小雏鹰，你的羽毛还未丰，父亲怎忍心让你跨马远征。出征的事情你再不要提起，我绝对不会答应。时间紧迫，刻不容缓，你也莫要将我阻挡，我此刻就要出发。"说着他转身要跨上战马。少年猛虎赛依特心急如火，他怎么能轻易将年迈的父亲放走。在情急之下，他用出了全身的力气，将父亲紧紧抱住。

赛依特这用力一抱，让父亲大吃一惊，他没想到年幼的儿子有这样大的力气，这一抱让他根本无法挣脱。他感到了儿子的力量，那两只手可以把顽石捏成粉末，那两只可以扳倒山的胳膊，如再稍一用力，可以将自己的腰扭断。他心中暗暗高兴，儿子已经长成了一只雄狮猛虎，这样力大无穷的英雄，天下哪里还有他的敌手。到了让他跨马出征、建功立业的时候了，应该把猛虎从笼中放出。

恰在这时，绮妮凯来到了丈夫和儿子面前。她微笑着开口相劝："我的汗王凯耐尼木，孩子已经长成顶天立地的英雄，你就让孩子去吧，我已经得到了预兆，赛依特此次出征，不仅能战胜恶魔凯旋，而且还会有意外的收获。"

听完汗后的劝说，汗王凯耐尼木也已经改变了主意，他笑着说："你们母子是否早已在一起商量好了，安排好了计谋来向我挑战。夫人，既然你也如此放心和自信，那我还有什么话说。就让他去吧，但愿你的预言能变成现实。"

他转身又对儿子赛依特发话："孩子，既然你执意要去，我也实在没法将你留下，你的话如同铁板钉钉，又好似举起利剑在发誓，父王我还能有什么办法。去吧，孩子，你母亲对你也充满了信心，我相信你母亲的预言，也已经见识了你的力量，相信你能够如愿以偿。但是孩子，我还是要再叮咛你几句话：你将面对的是杀人不眨眼的强敌，他可是生吞活人的恶魔。你与他较量不光要有勇气和力量，还要靠智慧和计谋才能战胜强敌。此去往返就要半年多的路程，你将遇到无数意想不到的事情，你将承受各种苦难和挫折，你要作好充分的准备，千万不可轻敌和大意。你莫要残害百姓，也不能怜悯敌人；你不要贪图金银财宝和牲畜，也不要迷恋女色。"他从怀中掏出了一块羊皮，郑重地交到儿子手中："这是报信的商贩留下的路线图，按图行走你就不会迷失方向。"

凯耐尼木为儿子披挂好铠甲和战袍，戴好护心镜和头盔，又为儿子牵来战马，拿来了武器。他将腰带搭在儿子的脖子上，伸出了双手为儿子祝福："我的小马驹，赛依特，此去天高地又远，路途险恶多磨难，请接受我的祝福，愿祖宗的英灵护佑你，愿你平安早日还。当生死关头，你要高呼玛纳斯的口号，祖先的英灵就会给你力量。"

雄狮的后代赛依特，谨记父汗教诲，跨马提枪去出征，他全身披着铁甲，脸色也变得铁青。他跨上铁勒库然骏马昂首挺胸，就像巍峨天山一样伟岸耸立。全部落白毡帽的柯尔克孜都来送行，成千上万民众高举着双手，祝愿玛纳斯的英灵保佑赛依特马到成功，平安而归。

赛依特一路用"千里眼"向前眺望，大约已经走了三个月的路程。赛依特来到了一个大湖旁，走到湖边，突然发现一个人影。赛依特十分好奇，他想，在这人迹罕至的大山之中，这个人怎么会来到这里，想到此他扬鞭催马向前赶去。只见那人催马疾驰向前猛一扑，三只飞起的野鸭就落在了他的怀里。看到这奇特的捕猎绝技，赛依特心中赞叹不已，他纵马来到猎人面前。看到面前突然出现的陌生人，那人慌忙打马奔上山梁，然后勒马转身开口发问："你这个不要命的英雄少年，你怎么单人独骑敢闯到这里？"赛依特未正面回答那人的探问，而是开口反问对方："在这无人涉足的深山里，你为何一人待在这里？"

看到少年英雄并没有恶意，那人放松了警惕，说："我叫吉特勒拜，这里名叫科尔科特，原来是苏莱玛特的领地，我是他治下的一个部落的首领。在不远处有一座城池，那里有苏莱玛特的汗宫。我们世世代代在这里居住，这一带土地肥沃，物产丰富，人民安居乐业生活富裕。几年前来了一个名叫卡拉朵的恶棍，以武力将苏莱玛特征服，将这块美丽富裕的土地霸占。他不仅掠夺搜刮这里的财物，更可恶的是，这个恶魔每天都要以活人为食，以人血止渴，从此这里路断人稀，除了动物无人敢停留。他们还夺走了我的心上人阿勒特娜依，我几次想到去死，可就是放不下心中的情人，因而勉强在煎熬中等待着时来运转。前不久我突然做了个梦，梦中一位童颜鹤发的长老告诉我，让我在湖边等待一位远道而来的少年英雄，他是玛纳斯的后代赛依特。"

少年雄狮赛依特听完吉特勒拜的诉说和来历，也毫不隐瞒地道出了实情："可怜的小伙子吉特勒拜，你要等的人就站在你的面前。我就是你等待的赛依特，我是玛纳斯的后代。我单枪匹马长途跋涉，整整走了三个多月的路程，就是专门来消灭卡拉朵恶魔，我要让这里的渡鸦也获得自由。我要让你深爱的姑娘回到你的身边，我也要从恶魔卡拉朵的手掌之中，救出苏莱玛特汗王之女克勒吉凯，我们如果一见倾心，我就要娶她为妻。"

听完赛依特讲述的心里话，在苦难中受折磨的吉特勒拜如拨开乌云见到了青天，他欣喜若狂，对生命充满了希望。他不知如何表达对英雄的感激之情，双手紧贴在胸口频频鞠躬："我尊重的少年英雄，你是我的希望，你是我的救星。库达依让你来解救我们受苦难的一方百姓。看来我们将要苦尽甜来，重见天日。我已在此等了你两年，今日总算将你盼到了身边。我将为你领路，我将做你的拐棍，我将为你找来同心同德共除恶魔的乡亲。让我们携起手来，把恶魔卡拉朵砍杀掉！"

吉特勒拜将赛依特领到在丛林中神秘而隐蔽的小木屋中，以野果野味盛情款待之后，两人作了周密的行动规划，然后一起来到科尔科特城中苏莱玛特汗王的临时住所。他的汗宫已成卡拉朵的寝宫，他只能找一处避难所暂栖，昔日汗王的威风早已不再，像丧家之犬一样摇尾乞怜。见到赛依特英雄他嚎啕大哭，痛诉卡拉朵的罪行。他对女儿克勒吉凯深表担忧和思念，并向赛依特许诺，若能救出自己的爱女，愿把她许配给赛依特为妻。

两位少年英雄听完诉说之后催马扬鞭，向卡拉朵驻扎的营地飞驰而去，他们要同吃人的恶魔决一死战。

此时，恶棍卡拉朵正在苏莱玛特的汗宫内尽情地享乐。他刚生吃了一位过往的商客，劫获了大批昂贵的货物，喜滋滋地半躺在卧榻之上，有八名美女在厅中给他跳舞，有四个美女在两厢为他奏乐，还有两个美女在厅前为他唱歌，还有美女给他端着人血。就在这恶魔吃饱喝足昏昏欲睡的时候，他突然心头一惊，似乎听到宫外有什么动静，他一跃从卧榻上跳起，快步奔出宫门，飞身骑上他乌黑的骡子，向营地飞奔而去。他刚走到营地门口，就与不期而至的两位少年相撞。他一眼就认出了吉特勒拜，那是他的手下败将，另一个是未谋过面的少年，倒还水灵新鲜，也是一顿美餐。想到这恶棍二话没说，纵马挺枪猛向赛依特刺去。

卡拉朵是一个既贪得无厌又胆大包天的家伙，熊熊烈火向他烧过来，如飞的弹雨向他射过来，巨龙般的大力士向他冲过来，成群的狮子、猛虎向他扑过来，他既不害怕也不心慌；就算是滔滔洪峰向他涌来，这毫不畏惧的家伙依然纹丝不动；山崩地裂的岩石向头上砸下或是电闪雷鸣在头顶上冒着火花，他也好像没听见一样。哪怕是大地末日来临也罢，他的眉头都不会皱一下。对他来说，这个乳臭未干的少年自然也不在话下。

他斜着眼睛问话："哪里来的这个娃娃，竟敢在这里跟我玩耍。我看你虽然年幼，也算是一位英雄，因为在当今世界上，还没有人能在我枪下逃命，看来你真是我的对手。这才是英雄对英雄的较量。"卡拉朵说完，静静地站在那里，等待着赛依特的攻击。

听完卡拉朵的话，少年赛依特也微笑着回答："既然你的话已说出口，我就给你留下一点面子。你手中拿稳了盾牌，等待我的冲锋！"

说罢，赛依特将盾牌挂在背上，双手挺着矛枪向卡拉朵冲去。卡拉朵双手举着盾牌抵挡，只听一声巨响，一团火花冲天而起，赛依特的矛枪已被折断，他手中只留下半节无头的矛杆。壮汉卡拉朵在骡背上摇晃了一下，又坐直了身子。他也将盾牌挂在背上，走上前来向少年英雄问话："我们已经行过了见面礼，看来我们势均力敌，是可以展开对决的英雄，在交战前我先要问问你叫什么名字，你为什么闯入我的领地？你未带来美女和贵重礼品，看来你不是给我进贡的属国的使臣；你也未赶着驼队载着货物，看来也不像是过往的商客；你是否是迷失了路径的游使？请你给我讲清楚了，你若是慕名而来的崇拜者，像这样的英雄，我们可以交朋友；你若是成心来寻衅挑战的对手，讲清了我们也好交锋。为了表示我的诚恳，我先对你做自我介绍：我在日落的西方降生，我的根在巴仁纳，我的父亲是天下无敌的大力士，他一生骑在骡背上，纵横天下，吃人肉喝人血。他红脸赤发，人们都称他是磨破屁股的赤色大力士。有一天他正在活吞人心，谁知遇上了灾星，凯耐尼木夺去了他宝贵的生命。我是他的儿子卡拉朵，继承了父亲的衣钵，纵横天下浪迹天涯，无一人是我的对手。如今我在这里养精蓄锐等待时机，如果时机成熟我就会发兵向东，去找凯耐尼木报我杀父之仇！今天我遇见了你这样的少年英雄，好像我东征的时机已经成熟，你是否是上天派给我的英勇助手，我们是否可以一路同行？"

听了卡拉朵的介绍，赛依特英雄深感惊奇，他哈哈大笑，开口向卡拉朵答话："卡拉朵，你恶贯满盈，死期已到，死我也要你死得明白。我的父亲就是凯耐尼木，我是他的儿子，名叫赛依特。我是玛纳斯的后代，除恶扬善是我们世代的天职。你的父亲丧尽天良坏事做尽，我父亲将他送下了地狱；你不思悔改罪大恶极，残害百姓涂炭生灵，我奉父王之命前来为民除害。你已经走完了你父亲的罪恶之路，我将送你到你父亲身边。"

听完赛依特的出身和来意，恶棍卡拉朵火冒三丈，仇人相见分外眼红，他恨不能立即将赛依特生吞活剥，他抡起板斧向赛依特劈头盖脑地砍去。少年雄狮赛依特不慌不忙，举起月牙斧从容相迎。奔腾的战马顷刻之间便搅动在一起，两位勇士顿时拼杀成一团。经历一番激战，卡拉朵力不能敌，从骡背上摔下，他身上鲜血喷流，脸上沾满了污泥，狼狈不堪，已无人形。他翻身跪在地上，向英雄赛依特求饶："英雄赛依特汗王，你不愧是玛纳斯的后代，我已领略了你的机智和勇敢，我也感受到你的大度和宽容。请你暂时留下这条命，待我吃饱喝足后重返战场。那时我就是死于你的刀下，也毫无遗憾。"

赛依特看到卡拉朵的这种德行，更加蔑视和不屑。但是作为汗王玛纳斯的后代，他的王者风度却十分让人敬服，他说："我父王替天行道惩恶扬善，我是奉库达依之命将你惩处。我可以暂留着你项上的狗头，以后你若是再敢吃人肉喝人血，我一定要将你打入十八层地狱。"

英雄赛依特说完调转马头扬长而去，卡拉朵从地上站起来连滚带爬。卡拉朵身受重伤，艰难地爬上骡背，双眼昏花筋疲力尽，昏昏沉沉地到了自己家门口。

看到卡拉朵这个模样，他的巫婆老伴大惊失色，心惊胆颤地喊叫着："天哪，儿子们，你们都快出来呀！"他们七手八脚将卡拉朵扶进家。卡拉朵躺在床上连声吆喝着："老婆子快给我敷药，你们快给我准备饮食，我要六头猪，九只羊，七只旱獭，两头牛，还要再宰杀一峰骆驼。快准备一百个酥香的馕，还有十二桶烧酒，

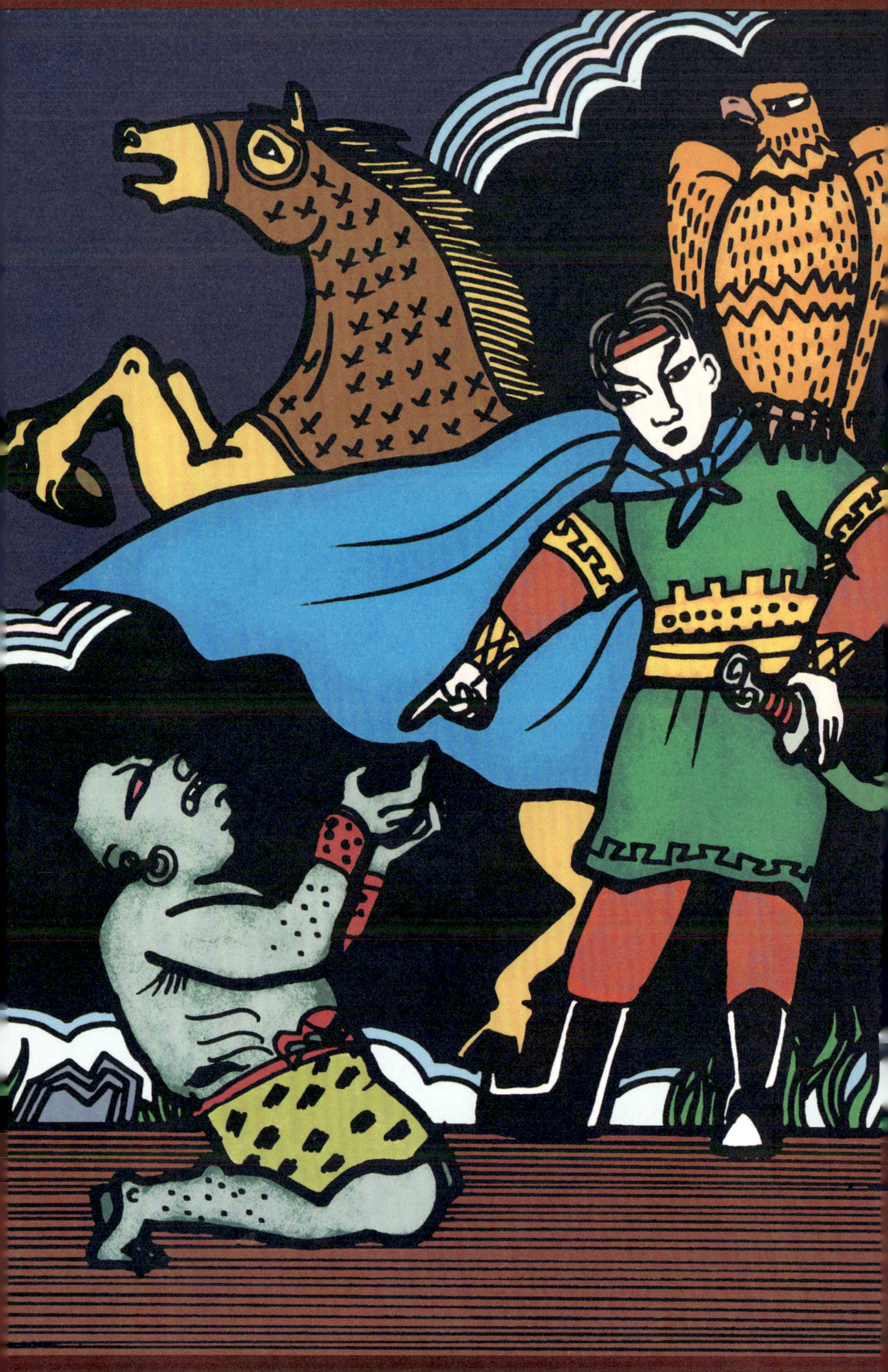

莫忘我要生吃人肉喝人血。"他的话语刚出口，猛然想起英雄赛依特的警告，他全身打颤舌根硬，惊慌失措地大声嚷："我，我不要吃人肉，我，我不敢喝人血，我不愿下地狱！你们都要给我记住，谁要是提起吃人肉，我就将他生吞活剥！"这家伙心惊胆战地吼叫着。众人不知道怎么回事，一个个吓得瞠目结舌。卡拉朵一觉睡了整整六天六夜，第七天一早起身，他感到末日就要来临，没精打采地跨上了黑骡背，肩上扛着长矛向着战场而去。忧心忡忡的卡拉朵，一会儿乘骡，一会儿又徒步慢行，他感到实在无法战胜英雄赛依特，必须用阴谋诡计才能把赛依特害死。

少年雄狮英姿勃发，气宇轩昂，几天来与聚在他身边的受苦百姓和当地的王公贵族富豪乡绅广有接触。人们争相邀请，像至亲好友一样与他谈心，希望他除恶务尽猛追穷寇，千万不可粗心大意，千万不要留下祸根。赛依特在众乡亲的鼓舞和支持下，对胜利更加充满信心，并表示一定要救出被困的群众，让百姓过上安静祥和富裕的生活。

自从卡拉朵慌慌张张离开了家，他的巫婆老伴在家中坐卧不宁，她急忙吆喝着五个狼崽子，对儿子们说："你爹一早就出了门，临行前他留下了一句话，说是他此去如果回不来，要我好好养育你们五个乖儿子，长大好为他把仇报。六天前他回来时，浑身血污遍体伤，差一点就送了命。看来他这次是凶多吉少命难保。你们大的已经二十多岁，小的也有十四五，怎能不去给你们的父亲做帮手，怎能让你爹爹一人去送死。你们快去操家伙，咱们母子六人一同上，一定要救回你爹爹的这条命！"她说着，率五个狼崽子一哄而出。

卡拉朵想出了鬼主意，又一次与赛依特交了手。少年赛依特越战越勇，恶棍卡拉朵越杀越感到力不从心，难以招架。他这时开始抛出他的诡计。他向赛依特示意，希望双方停止这样的厮杀，他说："赛依特汗王，我知道你是一位不可战胜的英雄，但是我也不会轻易败在你手。我们这样长时间的厮杀谁也不可能取胜，与其这样无休止纠缠在一起，还不如咱们相互之间利用机会互击对方，看看到底谁最有力量。以此来分出胜负，既可以显现出我们各自的实力，也是将我们的生死付之于天命，这样的对决最公平！"

赛依特英雄同意了卡拉朵的建议，双方勒马退出了战斗。卡拉朵知道了赛依特英雄为人宽厚又少年气盛，他假意向赛依特表示赛依特是远道而来的客人，骨骼未成，卡拉朵要将机会让给他，让赛依特先进攻！

赛依特明知这个无赖想首先得到进攻的机会，眼下言论都是虚言假套。如果自己先得到机会，就表示承认了自己的矮小和懦弱，而玛纳斯的后代，怎能接受这样的屈辱？无畏的英雄赛依特，挺立在马上，铿锵地回答："卡拉朵，你这个无赖，玛纳斯的后代天下无敌，哪一个曾接受过对手的垂顾？来吧，卡拉朵，你把吃奶的劲都用上，我静等着你的进攻！"说着他拨转铁勒库然骏马的马头，来到战场中央，纹丝不动地站在那里等待着恶棍的进攻。

卡拉朵心中暗暗高兴，他的阴谋就要得逞。他想，凭着自己力能推倒大山的蛮劲，这千斤重锤下去，赛依特就是铜铸铁打的，也会被砸成肉饼，那时自己依然可以将人肉人血享用。吸血鬼卡拉朵是远近闻名的大力士，他催动着胯下的大黑骡子，拼命地来回奔腾着，寻找最佳的角度和位置，向英雄赛依特进攻。

看到卡拉朵凶狠的样子，众人的心都提到了嗓子眼上，每一个人都为赛依特捏了一把汗，人们用心为赛依特祈祷着。

随着大黑骡呼啸狂奔的风声，突然"咣当"一声巨响，大地震动，湖河沸腾，英雄赛依特头上冒出了一道火光，头盔与铁锤同时碎成了粉末，像火山爆发一样，碎块夹杂着浓烟冲向天空，又像天上落下的陨石雨一样堕落在地上，有不少躲闪不及的无辜被砸伤或毙命。战场上尘雾笼罩一片昏暗，什么也看不见，赛依特怎么样了，人们都以为他已丧生，为之恸哭。卡拉朵以及他的巫婆妻子和五个儿子此时都欣喜若狂，为胜利而欢呼。卡拉朵心想，即使有万条生命，此时也休想生存，他沾沾自喜，威风凛凛地走到跟前观看。

当铁锤大山般砸下来时，英雄赛依特差一点就从这个世界上消失了。他感到眼前一片漆黑，他轻轻地闭上了双眼，口中轻声地呼唤着母亲，突然眼前一亮，慈祥的母亲绮妮凯来到了英雄的面前，母亲神圣而洁白的乳汁顿时涌进了他口中。他全身一阵轻松，好像一阵春风从头上吹过，眼前豁然开朗。他低头看见坐下的铁勒库然骏马四条腿已深深地陷进泥土里，俏皮鬼少年赛依特感到新奇有趣，一动也不动注视着周围。

正在此时，恶棍卡拉朵自鸣得意地来到赛依特的面前。少年英雄赛依特精神抖擞地扭动着身子，用力拉了一下骏马的缰绳，铁勒库然一纵身从泥土中跃身而出，带出的泥土喷撒了卡拉朵一身，他惊慌地向后退缩着。当卡拉朵看到赛依特神态自若地稳坐

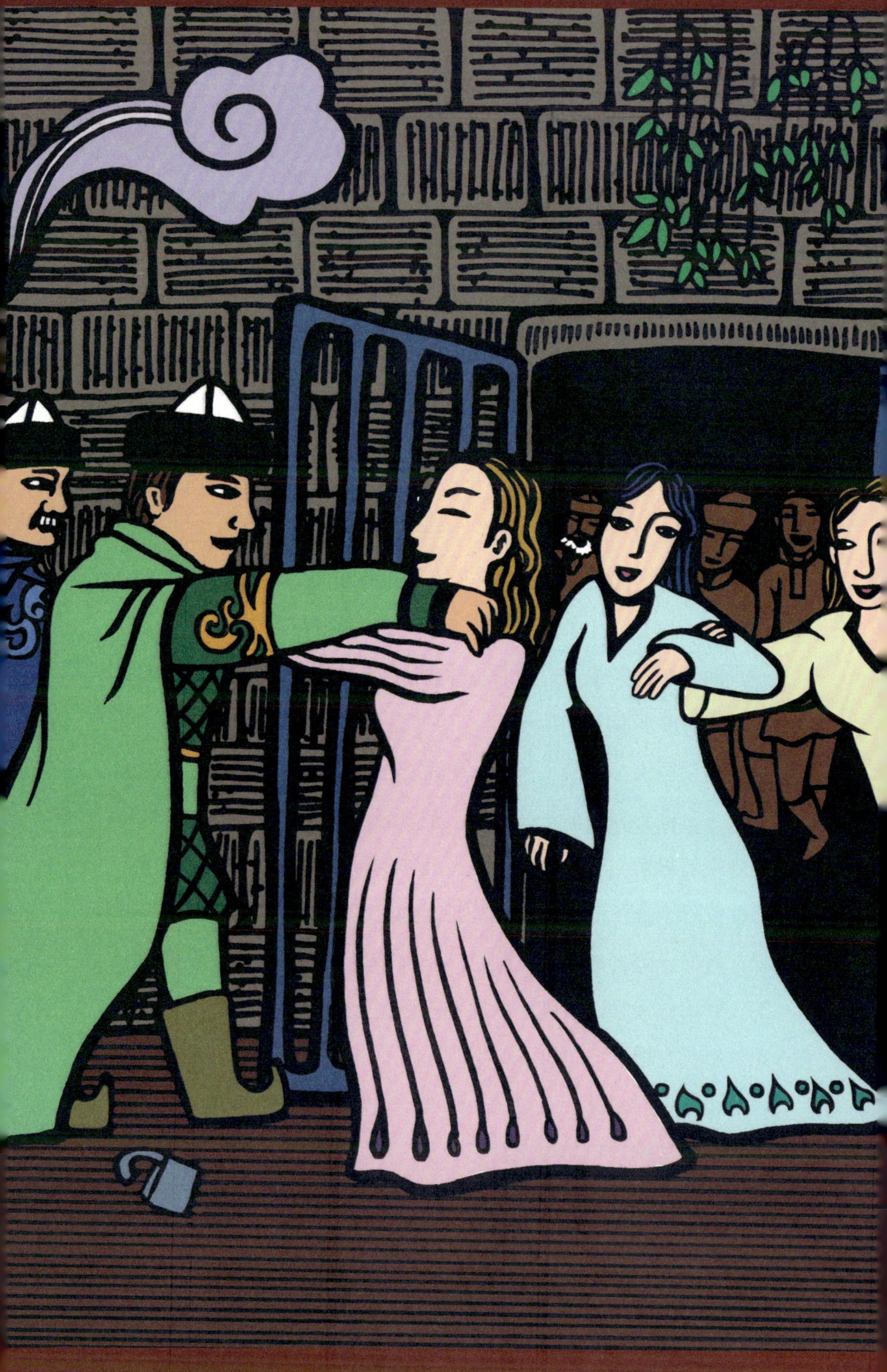

在马上，顿时吓得没有了主张，他催动骡子企图逃脱。赛依特一见，怒火填膺，他"哗"地一下举起月牙战斧大喝一声："卡拉朵你这个毫无信义的畜牲，我给了你机会，饶过了你的狗命，你竟然言而无信！"赛依特高喊着玛纳斯的名字，挥斧向卡拉朵劈去，卡拉朵从骡背上掉下，污血横流，结束了他罪恶的一生。

卡拉朵的巫婆和他的五个儿子，此时已不顾自己的死活，一哄而上，将赛依特围在场中。他们射着飞箭，开着火枪，举着长矛、大刀、铜锤、板斧一齐向赛依特猛攻，但怎么可以撼动少年英雄赛依特？他战胜了巫婆和卡拉朵的狼崽子，又率领着乡亲们奔向城堡，打开了牢门，救出了被囚禁的乡亲和汗王苏莱玛特的公主克勒吉凯。

赛依特与苏莱玛特之女克勒吉凯一见钟情，两情相悦，倾心相爱，但心胸狭窄的苏莱玛特却设置重重障碍，从中作梗。

第十二回

祖孙三人携手治家邦
别克巴恰怀祖祭英灵

苏莱玛特欲阻止赛依特与克勒吉凯的婚姻，他要求赛依特以黑海岛屿上青色坟墓中的宝石和难以抓到手的大鹏鸟作为聘礼，还要求在婚礼上要以深海中难得的百种海鱼做成百鱼宴招待客人。赛依特不假思索地答应了苏莱玛特的要求，走出了苏莱玛特的宫殿。

克勒吉凯公主在宫外等待着赛依特，她告诉他去大海中间取来宝石和捉到大鹏鸟，是她父亲设下的圈套，到那里去的人都九死一生，有去无回，她劝赛依特不要拿生命去冒险。赛依特当即坚决表示，为了爱情，哪怕是刀山火海，哪怕是虎穴龙潭，他也一定要去闯，不达目的决不罢休。

看到赛依特对爱情如此坚贞，克勒吉凯深受感动，她表示既然如此，她愿与英雄同行。

告别了前来送行的众乡亲，赛依特和克勒吉凯双双携手并肩踏上了艰难的征程。为了爱情，一对恋人不怕风大浪急，踏进了茫茫大海。他们首先杀死了巨人卡拉朵在海岛上防卫的层层士兵，从妖巫的囚笼中救出了神鸟金翅大鹏和五色彩凤，然后在这两只神鸟的帮助下又打败了守卫青色陵墓的七个妖魔。大鹏鸟用金翅扇起惊天动地的飓风，掀翻了陵墓的圆形盖顶，他们取出了藏在陵墓中的宝石和大量金银。赛依特骑着金翅大鹏，克勒吉凯骑着五色凤凰，胜利返回了科尔科特城中。

自从赛依特和克勒吉凯跨海出征，吉特勒拜和众乡亲整日不离海岸，凝视着海面，将亲人盼望，当看到海中燃起的冲天大火和吹起的弥天飓风，面对翻卷着惊天动地的大浪如同沸腾了的大海，人们高举着双手对天祈祷，祈愿上天保佑亲人得胜后平安返回。看着恋人驾着神鸟归来，乡亲们欢呼雀跃将亲人相迎，"玛纳斯"的呼声响彻天空，震撼大地。

赛依特将宝石和神鸟交给了汗王苏莱玛特，将金银分发给了人民大众。神鸟岂是苏莱玛特的玩物，能看上一眼就是他的福分。金翅大鹏和五色彩凤告别了英雄赛依特和克勒吉凯展翅飞回仙山，临走各留下一支神圣的羽毛。它们告诉赛依特和克勒吉凯，有事的时候只要拿着羽毛呼喊它们的名字，它们就会立即飞回到英雄的身边。神鸟念着咒语，将几尺长的羽毛缩成了一拃多长的精美的翠羽，克勒吉凯将翠羽插在高帽的尖顶上。从此，柯尔克孜少女的帽子上都用翠羽点缀装饰，这种习俗世代相传。

众乡亲为英雄举行了隆重的婚礼，在婚礼盛大的宴会上，众渔人专为英雄从深海捕捞了各种各样的珍贵海鱼，英雄赛依特兑现了以百鱼宴待客的承诺。婚礼上举行了盛大的

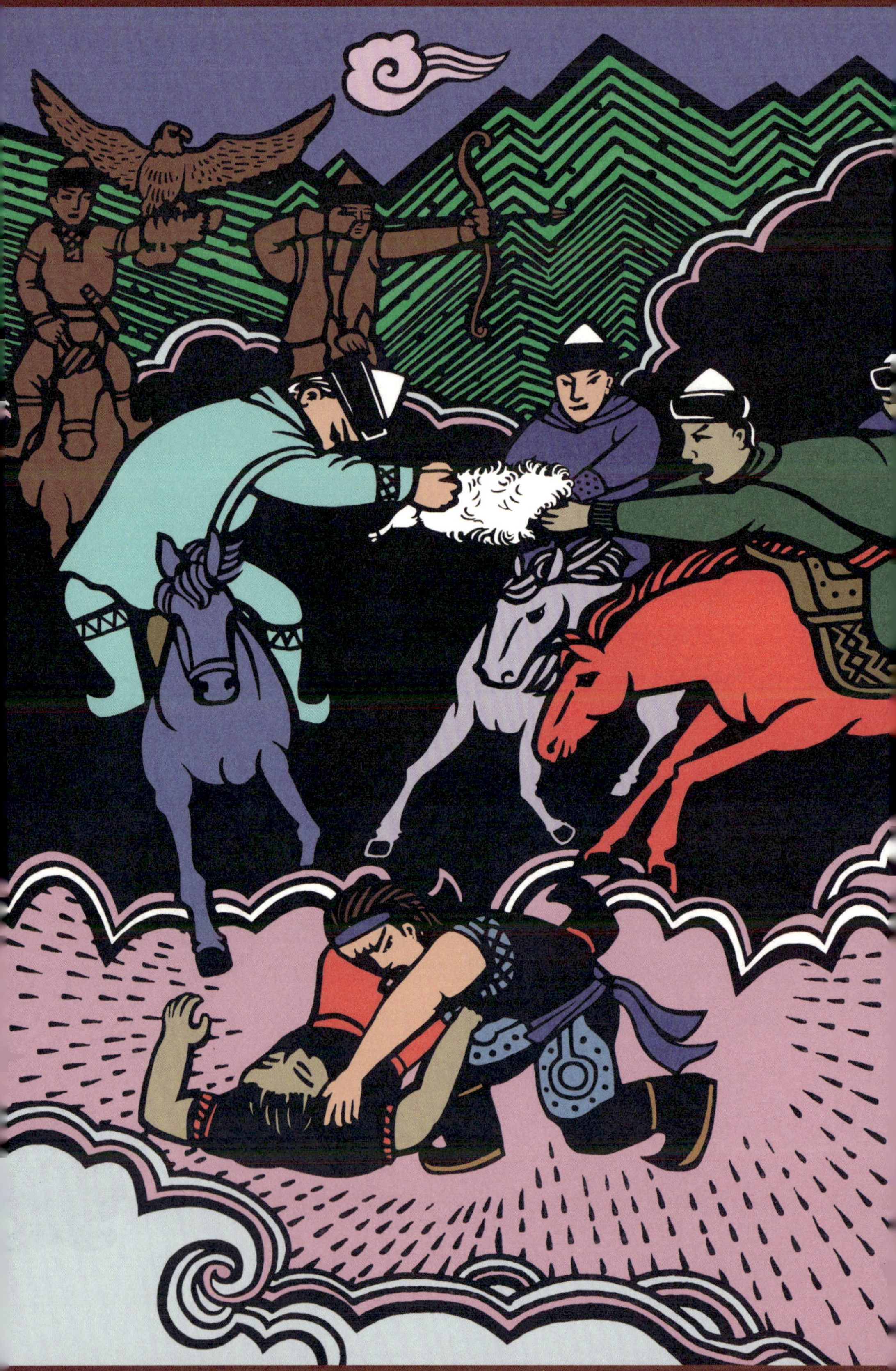

赛马、马上对刺和射元宝比赛，作为新郎官的赛依特英雄破例被特邀参加，这是全城民众的美好愿望，人们要一睹英雄的惊人神力和迷人的风采。赛依特获得了三项比赛的第一，他将丰厚的各种奖品都毫不吝啬地当场分发给了众人。

这段天作之合的美好姻缘让全城百姓都称心如意，赞不绝口。

少年英雄赛依特十四岁代父出征，历经四年，终于在十八岁时带着妻子凯旋。

父亲凯耐尼木将汗位传给了赛依特。赛依特登上了汗位之后，又出兵援助柯尔克孜节迪盖尔部，打败了来犯之敌，之后又打败了进犯阿拉什的卡勒玛克众敌，保卫了柯尔克孜和哈萨克各部落的安全，使人民能够幸福欢乐地生活。二十二岁时，他感到人民富裕国力强大，又想着举兵远征别依京，向卡勒玛克人复仇。父亲凯耐尼木和母亲绮妮凯及妻子克勒吉凯极力相劝，固执的赛依特坚持己见，始终不听，最后在征途中不幸遇难牺牲。

赛依特死后，柯尔克孜及哈萨克各部又由其父凯耐尼木掌管，这是他第二次登上汗位。不久，赛依特的妻子克勒吉凯生下了赛依特的遗腹双胞胎阿斯勒巴恰和别克巴恰后也撒手人寰，这两个孩子在祖父凯耐尼木的抚养和教育下健康成长。这两兄弟长到十二岁时，就表现出了出奇的天才和神力，祖父凯耐尼木就将治理汗国的军国大事交给两个孙子执掌，这是凯耐尼木第二次禅让汗位。汗位由阿斯勒巴恰和别克巴恰兄弟两人共同继承，未分大汗和副汗，兄弟二人团结得像一个人一样，他们在祖父辅佐下，团结奋斗，兢兢业业，将柯尔克孜汗国治理得国力殷实，人民富庶，百姓安居乐业，整个阿拉什一片祥和安乐的太平繁荣景象。

兄长阿斯勒巴恰十五岁时便骑马出征，他不仅得到民众的拥戴，而且有众多的保护神紧紧相随。当他得知有五个恶徒阴谋毁坏先祖玛纳斯的陵墓时，即奋不顾身单枪匹马与五位力大无穷的恶徒展开搏斗，一人杀死了五位勇士，保卫了玛纳斯的陵墓。不幸的是，在二十五岁那年，他在战场上陨落身亡。

老汗王凯耐尼木一生爱护子孙，处处保佑子孙，却先后经历了独生儿子和长孙的悲惨死亡，这种沉重的打击使他悲痛万分，万念俱灰。他抱起孙儿阿斯勒巴恰的尸体，疯狂地奔出宫殿，消失在冰山雪岭之中。这位经历了四代人，任过两代汗王，两次禅让汗位，又扶助过两代汗王的一百三十多岁的老人究竟去了何方？这已经成了一个解不开的谜。

直至今日，几百年来柯尔克孜汗国已有六代汗王相继离去，有的壮烈牺牲为国捐躯，有的引遁消失、不知去向、生死不明。几百年来汗国最有名的值得敬仰和怀念的至少有四十多位英灵。按照柯尔克孜人的传统信仰和习俗，后辈们不能忘祖，必须崇拜祖先和英雄，每一个人必须了解和牢记祖先五代人的历史和事迹。别克巴恰想，从玛纳斯拯救柯尔克孜人于危难之中算起，如今正好到了第六代。自己作为第六代汗王，怎能把前五代汗王的光辉事迹遗忘，怎能不把前五代英烈怀念？他要在汗国内举办一次规模盛大的祭典。

别克巴恰把各部的汗王和别克、比官和将军都召集在王宫前面的议事庭院中商议。这里是当年先王玛纳斯聚众商议军国大事的地方，先王玛纳斯的宝座依然稳稳地放置在那里，宝座后的大柳树更加枝繁叶茂，像一柄大伞盖，将整个庭院遮蔽得严严实实。来到这个庭院，人们会感受到当年玛纳斯与众位汗王、大臣和英雄们议事时的气氛。

别克巴恰简述了柯尔克孜汗国人民安居乐业，国家繁荣昌盛的国富民强的大好局面之后，他充满感情地说："苦难的柯尔克孜，长期遭受卡勒玛克人的侵略和蹂躏，自从先祖玛纳斯率众驱逐入侵的卡勒玛克统治者之后，柯尔克孜人才挺直了腰杆扬眉吐气地站立在人间，我们家乡的每一寸土地都凝聚先烈的鲜血，我们草原上的每一片青草都用先烈们的血汗来浇灌。饮水思源，所以，我要在全国之内举行一次盛大的祭典，让每一位玛纳斯的后代都把先祖牢记在心间！"

讲到这里，别克巴恰停下来，用睿智的目光扫视着众人，在座的各位汗王、别克和比官，鸦雀无声，你看着我，我看着你，谁也不敢贸然开言。众人静静地互相等待了半天之后，目光都集中在别克奥孜额尔奇①的身上。

看到众人期待的目光，奥孜额尔奇缓缓地站起来，清了清嗓子，不紧不慢地开言："我的先祖额尔奇吾勒，是雄狮玛纳斯的四十勇士之一，他是军中有名的歌手。在英雄汗王阿勒曼别特即将离开人世之时，他下达了一道特殊的命令，令我先祖不要去参加战斗，要他编写整理雄狮玛纳斯及其先祖的英雄事迹，要求务

---

① 奥孜额尔奇：柯尔克孜语"奥孜"意为奇妙之口，"额尔奇"意为民间歌手，"奥孜额尔奇"用作人名即含有口齿伶俐的歌手之意。

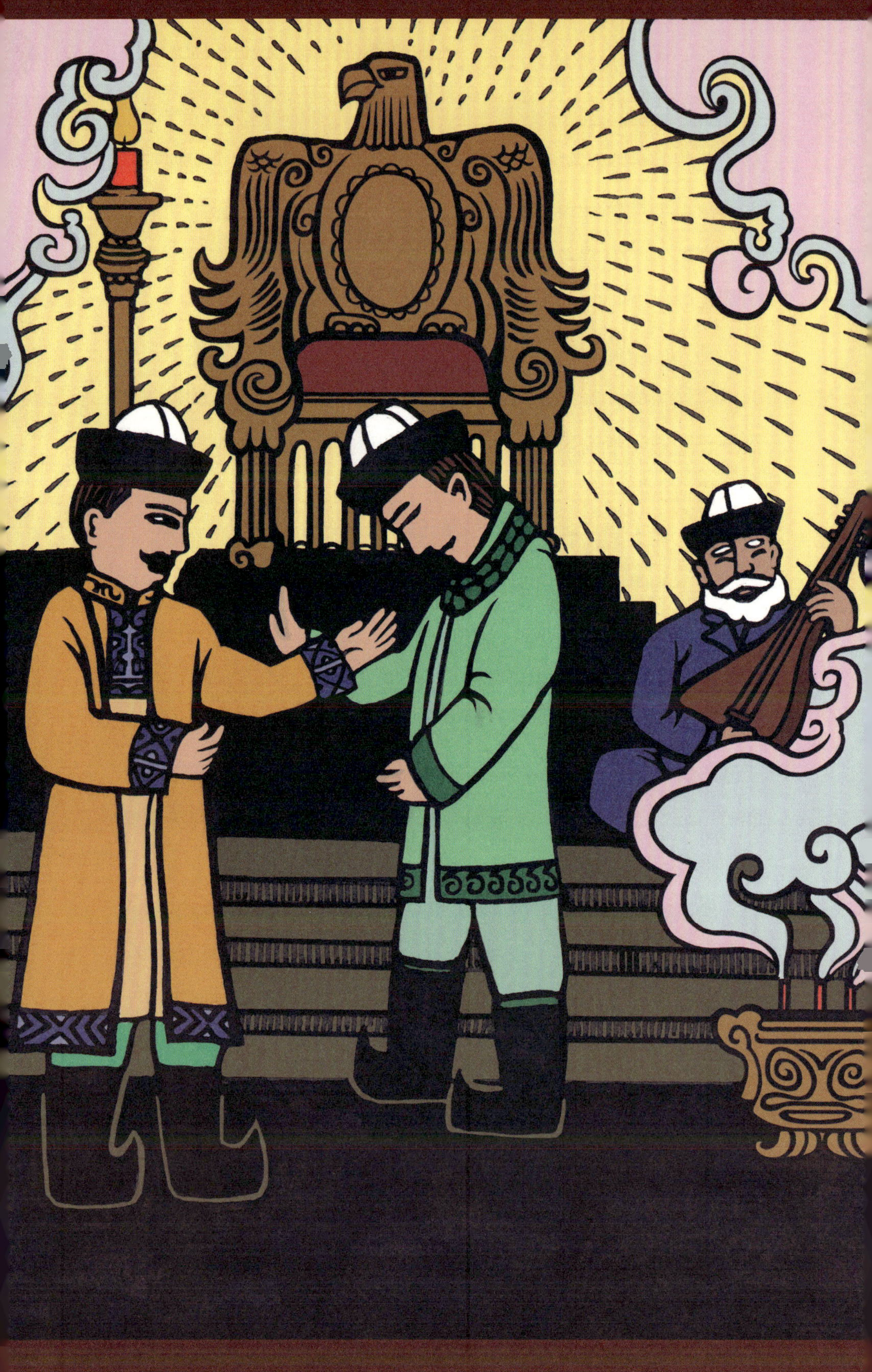

必将玛纳斯率领柯尔克孜人反抗卡勒玛克人入侵的真实历史世代流传下去。我先祖便将汗王玛纳斯和众位英雄的件件事迹，编成史诗到处传唱。从此这也成为我家祖祖辈辈传承的事业，一直传到我，已经将从玛纳斯直到阿斯勒巴恰六代汗王的故事一一编成长诗，牢记在心，汗王如果想听，我随时随地可以演唱。"

接着，奥孜额尔奇被让到上座，他不敢推辞，正襟危坐，先祖的事迹足足三个月都唱不完，他决定只给大家唱一小段。他放开清亮的嗓子，引吭高歌：

　　哎……哎……哎依！
　　要唱英雄玛纳斯的故事，
　　我要先从远古的祖先唱起。
　　在我们的东北方向，
　　有一个叫做叶尼塞的地方。
　　那里土地肥沃地域辽阔，
　　那里牧草丰茂牲畜遍野，
　　那里五谷丰登粮食满仓。
　　那里穷人和富人无法区分，
　　那里人人丰衣足食人丁兴旺。
　　……

奥孜额尔奇的演唱，只用手势、眼神、面部的表情和声音的高低、轻重以及音调的长短、节奏的快慢来表达故事情节的变化。他舒展而又轻松的演唱，将众汗王带进了叶尼塞时代。他唱一代代的汗王，唱他们的丰功伟绩，不知不觉唱了三天三夜，别克巴恰与众位汗王、别克和将军，也一动不动地听了三天三夜，人们完全沉浸在玛纳斯的故事之中，不知了饥饿，不知了疲倦，不知了天黑，不知了天明。

此时，汗王别克巴恰站起来结束了奥孜额尔奇的演唱，他决定去选择祭典的地点，等到举行祭典的时候，再请奥孜额尔奇把玛纳斯的故事在全民中演唱。

说完，别克巴恰跨马登程，亲自去选择祭典的理想地点。

别克巴恰走了一处又一处，在一个被称作阿克奇的河滩草原上，他勒住了马缰。他举目瞭望，环顾四野，不由暗自称叹："我走过多少地方，见过多少村落、山川，却没见过这么漂亮的地方！"这里一条大河从山间奔腾而出，有宽阔的谷地、参天的巨树，特别是山坡旁、岩石下，到处是喷涌而出的清冽甘甜的泉水，多少人畜也饮用不尽。这里的景色迷人环境优美，别克巴恰就选择在这里举行祭典。

别克巴恰向四方派出信使，他要把东到大小英干、西到欧罗巴、南到印度半岛各部的客人统统请到，为了便于快速传递消息，他特意把披着红色羽衣的克孜勒克孜仙女请来。请柬发出之后，别克巴恰发出了举办祭典的宣言：为了给四十四位先辈举办祭典，柯尔克孜四十个部落的民众都要参加，为祭典作好充分的准备，要搭好宽阔的毡房四万顶；六十个部落的阿拉什民众，也要为祭典作充分的准备，要搭建毡房九万顶。毡房内一应用具器皿，必须配备齐全。

每天要为客人上三道茶，每天的鲜肉至少要上两遍，一昼夜的饮食茶饭，至少要上五遍。奶茶和酥油，还有巴旦木仁、杏干和葡萄干要一应俱全，特别是准噶尔的方糖、伊犁的蜂蜜和阿图什的无花果、伊拉克的蜜枣、巴格达的奶糖，这些都要摆在餐布上。茶水要用中原的瓷碗，奶茶、奶酒除了特别的木碗外，还要有内地的青瓷大碗，一应用具都要十分讲究。以牛肉和羊肉为主招待客人，马肉马肠都不能少。吃全羊时一定要让客人感觉到羊头的珍贵，也不要忘记了将羊尾油片羊肝片同时端上，要让客人品尝"白加黑"①的美味和奇特。别忘了野鹿、黄羊等走兽，雪鸡、石鸡和野鸭以及鲜鱼，都要作为客人餐布上的美味食品。

女人们说话要彬彬有礼，举止大方，即使赶不上老祖母卡妮凯，也不能差得太多。

汗王最后强调："当然，朋友来了有好酒款待，但也不能不防范心怀叵测的抢劫者。"

祭典的准备活动整整进行了三年零六个月，在预定的时间之内，祭典活动按计划开始。

众人为祖先的英灵祈祷之后，由奥孜额尔奇开始演唱。奥孜额尔奇头戴雪白的毡帽，白毡帽的帽檐向上翻卷着，露出了一圈宽宽的黑边。这是玛纳斯的夫人卡妮凯精心设计制作而成的，白色的帽顶代表巍巍的雪山，黑色的帽檐代表雪山下无边的草原和奔腾的大河，山是柯尔克孜人的父亲，水是柯尔克孜人的母亲，柯尔克孜人是草原的骄子。他满脸笑容，红光满

---

① 白加黑：柯尔克孜人吃羊肉时将白色的羊尾巴油和黑色的羊肝切成片，同时端到客人面前，让客人把羊油和羊肝夹在一起食用，又不腻，又有味，称"白加黑"。

面，睿智的双眼目光炯炯，小小的山羊胡须微微颤抖，从玛纳斯出世唱起，一个也不落地详表先祖们的英雄事迹。歌者奥孜额尔奇，他吟唱玛纳斯家族故事的长诗，气势恢弘，堪称举世少有的英雄史诗，要全部唱完需要三个多月的时间，在这次祭典活动中汗王只给了歌手十天的时间，他只好择其紧要选择段落演唱。短短的十天时间，随着歌手的演唱，人们都沉浸在对先祖的敬仰、崇拜与怀念之中。

祭典活动进行了十日，按计划要修整一日，然后开始进行祭典上的各种比赛、竞技活动。就在此时，部落有人飞马来向别克巴恰禀报，康阿依[①]各部的大队人马已经临近。

康阿依人此行心怀鬼胎。他们接到柯尔克孜人举行祭典的邀请后，聚在一起谋划，调集精兵强将，妄想借柯尔克孜人祭祖之机，将柯尔克孜抢掠一空。他们踏进柯尔克孜的领地，就像饿狼一样贪婪地把猎物寻找。虽然柯尔克孜人对他们依然礼让有加，热情地上前相迎，他们的头人奥托尔仍横眉冷眼，话中充满了挑衅的意味："我是奥荣阔先祖的后代儿孙，我们共来了六十万兵丁，其中有六千名将军。你们的祖先伤害过我们，今天我们率领六十万大军，就是为了来复三百年前的深仇大恨。我们不是为宴席而来，我们来，就是要将阿拉什踏为平地，要将这里所有的人像牲畜一样，驱做我们的奴隶！"

奥托尔飞扬跋扈穷凶极恶，四方来的不少客人心中发慌，

[①] 康阿依：原为地名，指蒙古高原一带，是卡勒玛克、克塔依等人的居住区，史诗中康阿依人、康阿依部泛指卡勒玛克、克塔依等部。

胆战心惊。不少人在一起商议，有的说："只要柯尔克孜人低头认输，我们就站到康阿依人一边。"也有的人坚决地表示："多年来是玛纳斯及其子孙帮我们收复失地，为我们撑腰，保我们平安，不管形势发生什么变化，我们也要站在柯尔克孜一边！"还有一些胆小的人十分慌张，商议着赶快逃离这是非之地，以免受到损伤。更多的人是心中一片混乱，不知道该怎么办，整个草原上似乎卷起一阵狂风，暴风雨似乎马上就要来临。早有准备的柯尔克孜男人，纷纷跨上战马准备投入战斗，妇女老人和孩子则躲在了毡房之中。

正在这危急关头，玛纳斯的后代，青鬃狼一样的英雄别克巴恰，头缠黄布条，身披火红的大氅，眼中怒火燃烧，口中浓烟滚滚，就像烧开的茶壶，发出嗞嗞的巨响。他骑着玛依托茹骏马，像从天而降的神人，来到人们面前，他说："我没有把谁骗到这里，我们是为了纪念自己的先辈，如果一定要与我们比一下高低，柯尔克孜人会随时奉陪到底。我真心诚意地表达敬意，拿出美味佳肴款待客人。想不到有人心怀叵测图谋不轨，请大家自回毡房休息吧，明天赛场上我们再一比高低。"

别克巴恰一出场，骚动的人群顿时平静下来，人们纷纷退向两侧，让出了一条通道，等待着别克巴恰对付卡勒玛克人。

汗王别克巴恰心想：我们举办祭典，不能让客人受到惊吓，在祭典上惹是生非的卡勒玛克人，只能是痴心妄想。"搅乱祭典的是罪人，搅乱婚礼的是罪犯。"这是我们祖先留下的谚语，制造混乱者一定要受到惩罚。他又想到，卡勒玛克也是被请来的客人，对他们还是要先礼后兵。想到这儿他以汗王的宽阔胸怀，走上前邀请奥托尔入席。谁知不知好歹的奥托尔不仅口吐狂言，还在别克巴恰面前挥动着皮鞭，直到被别克巴恰抽了一皮鞭，才收敛了气焰。

这一鞭打服了卡勒玛克首领奥托尔，康阿依各部再也没人敢贸然跳出来捣乱，到了赛场，无论摔跤还是赛马，卡勒玛克人都无法胜过别克巴恰。最后，只有出手厮杀。

面对一场的失利，奥托尔依然贼心不改，他又想出了一个绝招。他提出要与别克巴恰单打独斗，一对一轮番出手，以便乘机将别克巴恰杀死。面对围观的各路人马，奥托尔心中盘算着："我定要首先将柯尔克孜的汗王别克巴恰杀死，这样各国汗王都会跪地求饶，这里的一切就会全部归我，谁也不敢来与我争抢！"想到此他勇气倍增，挺枪跃马向别克巴恰用尽全力猛刺。为了避免矛杆折断，枪杆用野兽的筋条缠绕，外层又用锡条包裹，他习惯用矛尖将对手挑起，在千军万马面前示众，以显示自己的威风。然而这一次的较量，却让他的美梦成空。当矛尖刺入别克巴恰的后腰，别克巴恰身子猛然一震动，鲜血就从腰间涌出，他的坐骑马依托茹弯了一下前腿，又猛然长嘶一声扬起前蹄，奥托尔的矛杆"嘎"的一声从中折断。他手握半截矛杆，惊惶失措，无耻地催马逃跑。

看到奥托尔打马逃跑，别克也巴恰勒马转过身来，他举着手中的色尔矛枪说道："从你的先祖奥荣阔起，已有三代人在这杆矛枪下丧命，都是因为他们侵犯了柯尔克孜，今天你又送上门来，我真不愿再污我神圣的矛枪！"说着他"唰"地拔出刺在自己后腰的奥托尔的半截矛枪，飞手向奥托尔扔去，只听"当"的一声巨响，奥托尔的护心镜已被击破，矛尖穿透了他的胸膛，奥托尔应声从马背上摔下，当即毙命。

奥托尔自食其果，人们发出了一片呼声，康阿依诸部退出了比赛，撤回河边的营地，众位首领在一起秘密商议，最后作出了一致的决定：我们已经失去了最高统帅，比赛对我们已毫无意义。在我们返回的路上，要经过富饶的伊犁河谷牧场，那里牧放着柯尔克孜的大批牲畜，有一个特克斯部落的英雄，他已是九十岁的高龄，还有巩乃斯部落的汗王，也是一个老汉，我们可以在那里放心地抢掠，赶走他们的畜群。他们作出的罪恶计划，都被变成小鸟的克孜勒克孜听得一清二楚，她立即飞回别克巴恰身边，把所闻所见的一切，作了详细的汇报。

当康阿依的人马赶到特克斯和巩乃斯的时候，他们吃惊地看到英雄别克巴恰正立马在那里等候，他们一个个心惊胆颤，慌张地打马争相逃窜。

第十三回

二酋争美女举兵双抢亲
索木碧莱克除恶遇佳偶

别克巴恰死后，柯尔克孜部因无主，再度陷入混乱之中，芒额特人和唐古特人又乘机向柯尔克孜人复仇，侵占了柯尔克孜部。别克巴恰之妻阿克芒额达依生下遗腹子索木碧莱克后就离开了人世，其子由舅父秘密收养。长到十五岁的索木碧莱克得知自己的身世后，挺身而出，率领柯尔克孜民众，驱逐侵略者，得到了民众之拥护，登上汗位，在平定内乱恢复柯尔克孜汗国的社会秩序的同时又多次击退芒额特人的入侵和挑衅，成为玛纳斯家族的第七代汗王。

打败进犯塔拉斯的芒额特和唐古特部之后，他正单枪匹马乘胜追击卡勒都别特时，迎面碰到一位老者。

索木碧莱克忙着追赶敌人，没顾上注意那个老人，从老人身边疾驰而过。那个银须白发的老人高声喊道："孩子，稍等一下，请问玛纳斯的故乡塔拉斯怎么走？"

听到有人打听塔拉斯，索木碧莱克立刻停下来，掉转马头，很有礼貌地问："您好！我看您神色紧张，你去塔拉斯干什么？

发生什么事了？我就驻守在塔拉斯，现在要去征讨西边的芒额特敌人。"

老人说："孩子，你停留一会好吗？我有话说。卡拉卡勒帕克是我的故乡。我来自许库尔路山中，那里居住着六个部落，由卡尔玛纳普和卡拉朵兄弟的后裔治理着。卡尔玛纳普的妻子卡尔德哈绮是加克普的女儿，也是玛纳斯的同胞姐姐。如今的汗王卡玛纳是卡尔玛纳普与卡尔德哈绮的后代子孙。"

索木碧莱克对先辈玛纳斯和塔拉斯都充满了感情，听到老人提到自己的先辈，他敏感地觉察到肯定发生了什么事情，立刻下马，和老人聊了起来。

两人一边用餐一边说着话，老者从腰间拿出皮囊摇晃了一会，非常得体地倒出一碗马奶端在手上说："古人遗训，要给别人端饭，自己先要品尝。"说完一口气将碗里的马奶喝光，又倒出一碗，送到索木碧莱克的手上："孩子，你喝下五碗马奶后，我会告诉你发生的事情。"

从老者的讲述中，索木碧莱克得知老者叫阿布凯，吐库曼人，是卡玛纳王宫派到塔拉斯求援的使者。原来呼罗珊部首领阔罗木朱为了能得到罕见的绝世美女特尼木罕，带领兵士包围了卡玛纳王宫。卡玛纳汗赠送他牲畜财宝，他不屑一顾；每天送给他一个美女，他还是不满意。他扬言说，一定要让送出特尼木罕，否则就进行强娶。人们成天提心吊胆的，特尼木罕美女也不断哭泣："他要敢抢夺我，我就以死相见。"老人们商量对策："没有办法，只能求助于柯尔克孜人，向英雄玛纳斯的后裔求援。在援军到来之前，我们先稳住阔罗木朱。"商定后就悄悄派出阿布凯乔装打扮出了宫。

但他们并不知道如今塔拉斯的汗王叫什么名字。阿布凯讲完后就向索木碧莱克打听现在的汗王的情况和姓名。当他听说眼前人就是塔拉斯的汗王时，怎么也不相信眼前这个单枪匹马、瘦弱的少年就是索木碧莱克。

阿布凯老人将信将疑地说："如果你真是玛纳斯的后人、如今塔拉斯的汗王，那你就随我去解救吐库曼人吧。喝下这些由美女特尼木罕亲手制作的马奶酒，我们就出发。"

"阔罗木朱在那里兴风作浪，我哪有心思还在这里喝马奶酒啊，我们立刻动身吧。"英雄索木碧莱克跃身上马，与阿布凯一起催马狂奔而去，一老一少很快就消失在荒野中。

半道上，他们突然看到一队人马迎面而来。阿布凯定睛一看，认出了领头的是巴克多莱特，他在阿富汗见识过这位汗王的骁勇和残忍。这位阿富汗人唯一的汗王听说了美女特尼木罕后，也率众来强夺美女。

铁石心肠的巴克多莱特暗想："娶不到美女特尼木罕，我也要把他们洗劫一番。"他的年龄在三十到三十一岁之间，正是身强力壮、骁勇善战的黄金时期。

看到巴克多莱特，阿布凯脸色惨白、万念俱灰，感到世界末日就要降临了，他绝望地想："要是早知道会撞上巴克多莱特，就不该白白来送命，要是死到他手里，我真是死不瞑目。现在也只有索木碧莱克是我的靠山了，这孩子到底能否战胜巴克多莱特，就看天意吧。"

当他们走近后，巴克多莱特没多看阿布凯一眼，而是怀疑地打量着索木碧莱克，他敏感地审视着突然撞见的这位少年，他看到这少年稚气未消却显得老成和稳重，眼里透出不同寻常的神情。巴克多莱特心里升起一种莫名其妙的恐慌和忧虑："这孩子若是长大成人，一定是举世无双的英雄，我得问清楚。"想到这，巴克多莱特上前挑衅道："一只老狼带着狼崽要到哪里去？我巴克多莱特来自阿富汗，喀布尔城是我的营地，娶到美女特尼木罕是我的心愿，我还要攻占塔拉斯，把柯尔克孜孕妇全部杀死，把如花的少女全部霸占。你们告诉我如今的塔拉斯怎么样了？请问眼前这位少年是谁家的后生？你们如实招来。"

站在一旁的索木碧莱克早已听得火冒三丈，听到巴克多莱特要洗劫塔拉斯，更是怒发冲冠，他暗下决心，一定要让巴克多莱特死在眼前。他的声音不卑不亢，厉声说道："阿富汗来的巴克多莱特，你不自量力口出狂言，既然是为了迎娶美女，干嘛还侵扰玛纳斯的故乡？玛纳斯就是我的先祖，我的名字叫索木碧莱克。"

巴克多莱特听到少年是玛纳斯的后裔索木碧莱克，心里一愣，有些发慌。但是他的态度依然很强硬："我本来都不屑跟你这乳臭未干的小子对阵，我还要保全我的名声。那个阔罗木朱，我也会杀死他，没人是我的对手。但你小子太狂妄，我要让你们重新回到'克尔盖孜'的命运，流浪山中以放牧为生，今天就是你的末日了。"说完就举起矛枪摆出了架式，试图一枪刺中索木碧莱克。

年少沉稳的索木碧莱克不紧不慢地接了招，顺手将刺过来的矛枪握在手中折断，巴克多莱特有些惊慌，催马想逃。索木碧莱克顺势揪住对方的衣摆，就像场上的叼羊选手，两人相互撕扯着，巴克多莱特被拖落下马。等索木碧莱克回过头来，他已经站了起来，那些阿富汗勇士跑过来又给他牵来一匹战马，送来一把战斧，他对自己被一个少年拉下马背而深感耻辱，他重新穿好盔甲，拿起战斧，恼羞成怒地扑向索木碧莱克……巴克多莱特不停地挥动着手里的战斧，索木碧莱克身体迅速一侧，躲过战斧，伸出矛枪插进了对方的尺骨，战斧掉落到地上，少年英雄索木碧莱克再次刺出矛枪，巴克多莱特被刺翻在地再也无法起来……

那些阿富汗人看到自己的汗王被轻而易举地杀死，个个都在发抖讨饶。索木碧莱克说："你们回到自己的家乡去，不要再惹是生非，否则，我不会放过你们。阿布凯老人，巴克多莱特的战马就作为我给特尼木罕的订婚礼物，战袍我作为战利品收起来。为了尊重巴克多莱特的魂灵，其余的，都让他的人带回故乡。"说完，就与阿布凯一起前往许库尔路部落。

少年英雄索木碧莱克打败了入侵的呼罗珊人，保卫了柯尔克孜许库尔路部的安全，同时也赢得了汗王卡玛纳之女特尼木罕公主的爱情，二人喜结良缘。

回到塔拉斯后，索木碧莱克带着特尼木罕去拜谒先祖玛纳斯的陵墓。忽然，陵墓中发出惊人的隆隆巨响，天上顿时火光熊熊，地上洪水汹涌，陵墓中一棵枝繁叶茂、郁郁葱葱的奇娜尔树，霎时变成光秃秃的枯木。这是一种不祥的预兆，它预示英雄将会有大难临身。

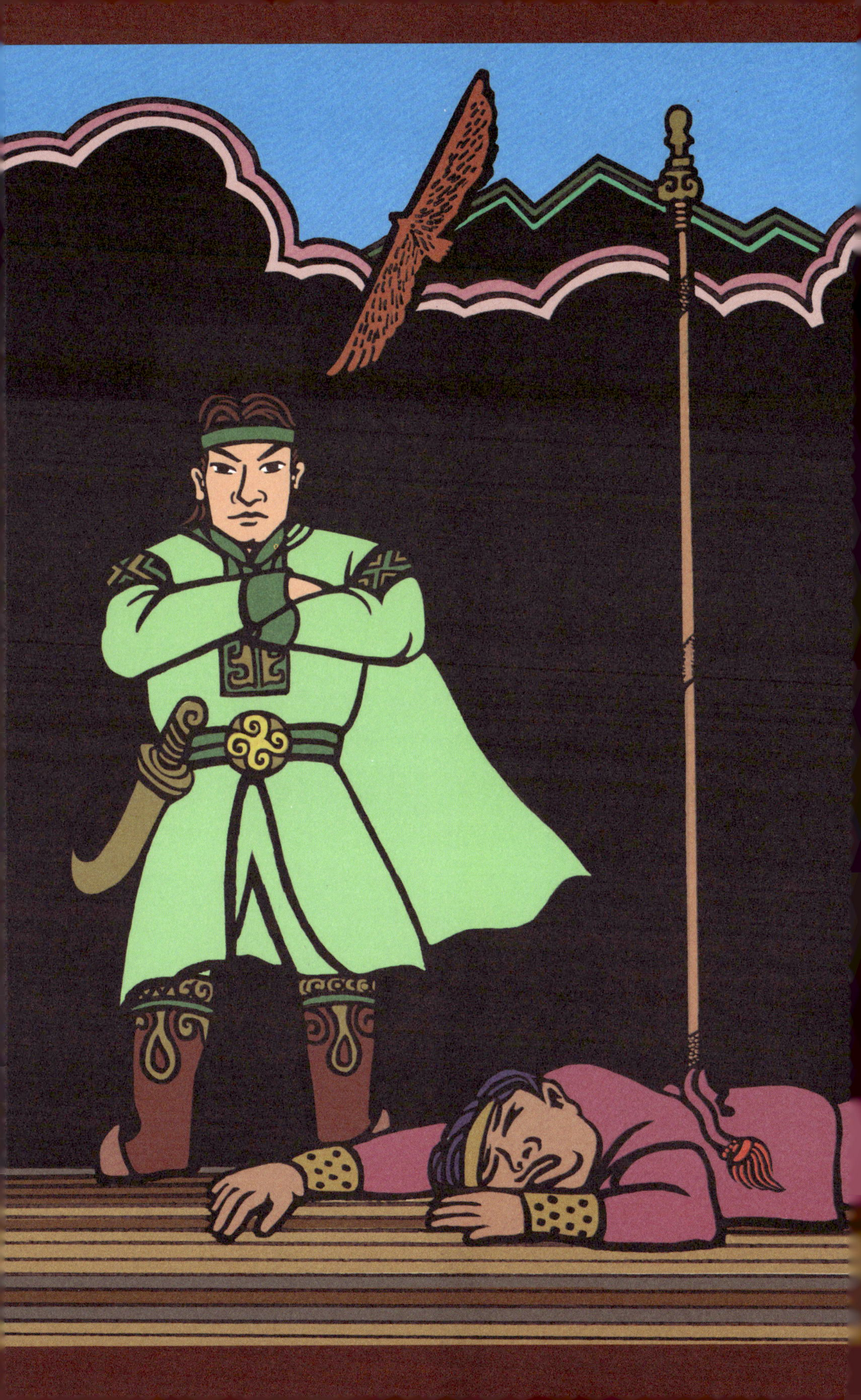

第十四回

第八代汗奇格泰英年早逝
玛纳斯八代英雄名垂千古

　　正如玛纳斯陵墓发出的预兆一样，在此后的一场战争中，索木碧莱克遭敌人暗算血染沙场。不久，他的妻子特尼木罕在生奇格泰时难产，也去世了。叔叔玛德别克收养了这个可怜的孤儿，取名奇格泰。"雄狮玛纳斯的后裔，应该在优越的环境中茁壮成长。"为了让奇格泰骨骼坚实、体魄雄壮，玛德别克用油片裹上棉花给他做腰垫，灌马肠成了他的零食，一日三餐都有鲜嫩的羊羔肉。在玛德别克精心抚育下，奇格泰长成了一名机智灵敏的少年，他高傲自信，从不服输，他力大无比、武艺高强，一次能对付十多个人。他最大的爱好就是架着猎鹰带着猎犬狩猎或者参加赛马和马上角斗。

　　与此同时，被索木碧莱克打败的芒额特人卡勒都别特逃回康阿依后娶妻安家，他的儿子奥吐尔悄悄降临人间，也长成了骁勇无比的少年，在奥吐尔之后又有两个弟弟出生，他们是巴塔依和卡塔依，三兄弟并驾齐驱，成为部落中很有威望的英雄。部落的一些长者对柯尔克孜人心存芥蒂，对往事总是耿耿于怀，经常将先辈的恩恩怨怨不厌其烦地讲给三兄弟听，包括一些细枝末节。在那些长者的煽动下，三兄弟发誓要为自己的部族报仇雪恨。奥吐尔首先举起了屠刀，聚众将索木碧莱克扶植的沙塔依从首领的位置上赶下台，打入了大牢。奥吐尔成了部落的新首领。他将归属卡勒玛克的六个部落首领全部召集到了一块，为他登上汗位举行庆典。这都是善于征战的部落，他们几乎将所有的时光都消耗在战场上，明知战争会给人们带来灾难，但他们依然对打仗那样痴迷和狂热。奥吐尔在各部首领们的支持下，发誓一定要为先辈的冤魂报仇雪恨，同意立刻出兵征讨塔拉斯，同时拟定好出兵时间和路线。

六月的初夏，康阿依集结了各方人马一共十五万大军向塔拉斯的方向进发。在途经阿勒泰和卡帕勒时，他们将那里的哈萨克人洗劫一空，男人们眼睁睁看着自己的妻子被康阿依人强夺去集中在一起侮辱，妙龄少女被强暴和屠杀，正在供奶的牲畜也被强制拉去宰杀。如果有人稍有不满，流露出愤怒的情绪，就会被剜出眼珠……康阿依人无恶不作，丧尽天良。

哈萨克的灭迭尔汗王有三房妻子，他的第三房妻子阔阔依是个武艺高强的女中豪杰，她看到自己的民族遭到如此厄运，哈萨克人遭到了这样的灾难，怎么可能坐以待毙？她将齐腰的长发盘在头顶上，戴上头盔，紧握灭迭尔的阿克波洛特战刀，骑上战马，披上黑色的战袍，决意要与来犯的暴虐的敌人进行殊死的较量。一到天黑，她就高喊着"阿拉什"的口号，从四面不停地袭击着敌人的营帐，杀死了大量的敌方士兵，令康阿依人惊恐不宁。等天亮了，她又撤到丛林的山洞中躲了起来。

她这样搏杀了整整六个晚上，但毕竟势单力薄，她想应该立刻去塔拉斯寻找援兵。

阔阔依经过二十六天的长途跋涉，日夜兼程马不停蹄地来到了坎阔勒草原，她深深地呼吸了一下草原清新、沁人心脾的空气，放眼望去，她被这美丽宁静的大草原吸引了，尽情欣赏着这里的一草一木。她正陶醉在美景里，忽然，有一群架着猎鹰领着猎犬的少年来到了她身旁。在这些人中，她看到其中有一个少年眼睛里闪着蓝色的光芒，穿着康达哈依皮裤，手里握着锋利的长枪，紫红色脸膛像燃烧的烈焰，露出非同寻常的冷峻神情，眼光如同一把锐利的匕首戳向任何一个人，酷似青鬃狼。阔阔依暗自思量："他们到底是什么人？我刚好打听一下色尔城怎么走才能更快到达。"

她毫无畏惧地走上前问道："勇士们好，我叫阔阔依，准备到英雄玛纳斯居住过的地方寻找亲人，我们的部落现在正在遭受灭顶之灾，我要寻找雄狮般的救星，他是我们部族生还的希望。我要寻找的勇士名叫奇格泰，他是我们白毡帽的阿拉什人的依靠，他是我们梦寐以求的英雄，请你们告诉我他在哪里？只有他能挑起这千斤重担，我要对他倾诉全部苦难。"

那位酷似青鬃狼的年轻人就是奇格泰，未等他答话，身边有位叫曼阔塔依的少年走过来开口问道："你说你来自远方，有满腹的委屈要说，但你没说清你来自何方，是谁家的儿郎，也没说出你自己的身份。你把这些说清楚，我们才能商量对策帮助你呀。我旁边这位就是索木碧莱克的后代奇格泰。你把一切说得详细些，他不会袖手旁观的……"

听完曼阔塔依的介绍，确定眼前就是英雄玛纳斯的后裔奇格泰时，阔阔依泪流满面，激动地诉说着哈萨克人如今所遭受的灾难，并向奇格泰求助，至于奇格泰是否去救哈萨克人，阔阔依说："你们自己拿主意。"说完就调转马头，飞马返回。

目送渐渐远去的巾帼英雄阔阔依，年少的奇格泰陷入了沉思。他迅速催马回到了家里，跟养父玛德别克诉说了看到阔阔依的经过，并说出自己的打算："尊敬的父亲啊，请允许我上马征战吧！如果敌人入侵哈萨克后再入侵塔拉斯城，柯尔克孜人就要失去自己的家园。"

听了奇格泰激动万分的征战请求，玛德别克语重心长地说道："奇格泰啊，你刚满九岁，怎么能对付得了康阿依人的十五万大军？康阿依人到我们这需要一年的时间，你先在家中习武强身，等敌人接近塔拉斯时，我们再招兵买马，出击迎战敌人。"

奇格泰决心说服老人："您虽然是我的叔叔，但亲于我的父亲，你对我的养育之恩，我会终身铭记在心。现在哈萨克人有难，我们怎能无动于衷？不论您是否答应我的请求，我都决心去抗击康阿依人，营救正在受苦受难的哈萨克人。"

玛德别克思忖片刻，就带着奇格泰来到一座古老的兵库里。那个兵库里陈列着各种盔甲战袍、兵器和马具，看得奇格泰欣喜若狂。他仔细筛选着，最后看中了祖先留下来的库略阔铁衣。他穿上里外三层的铁衣，又随同玛德别克去马群里挑选战马。有一匹名叫奇勒克托茹的马驹已经成长为名扬四方的神骏，它也注定会成为奇格泰的坐骑。

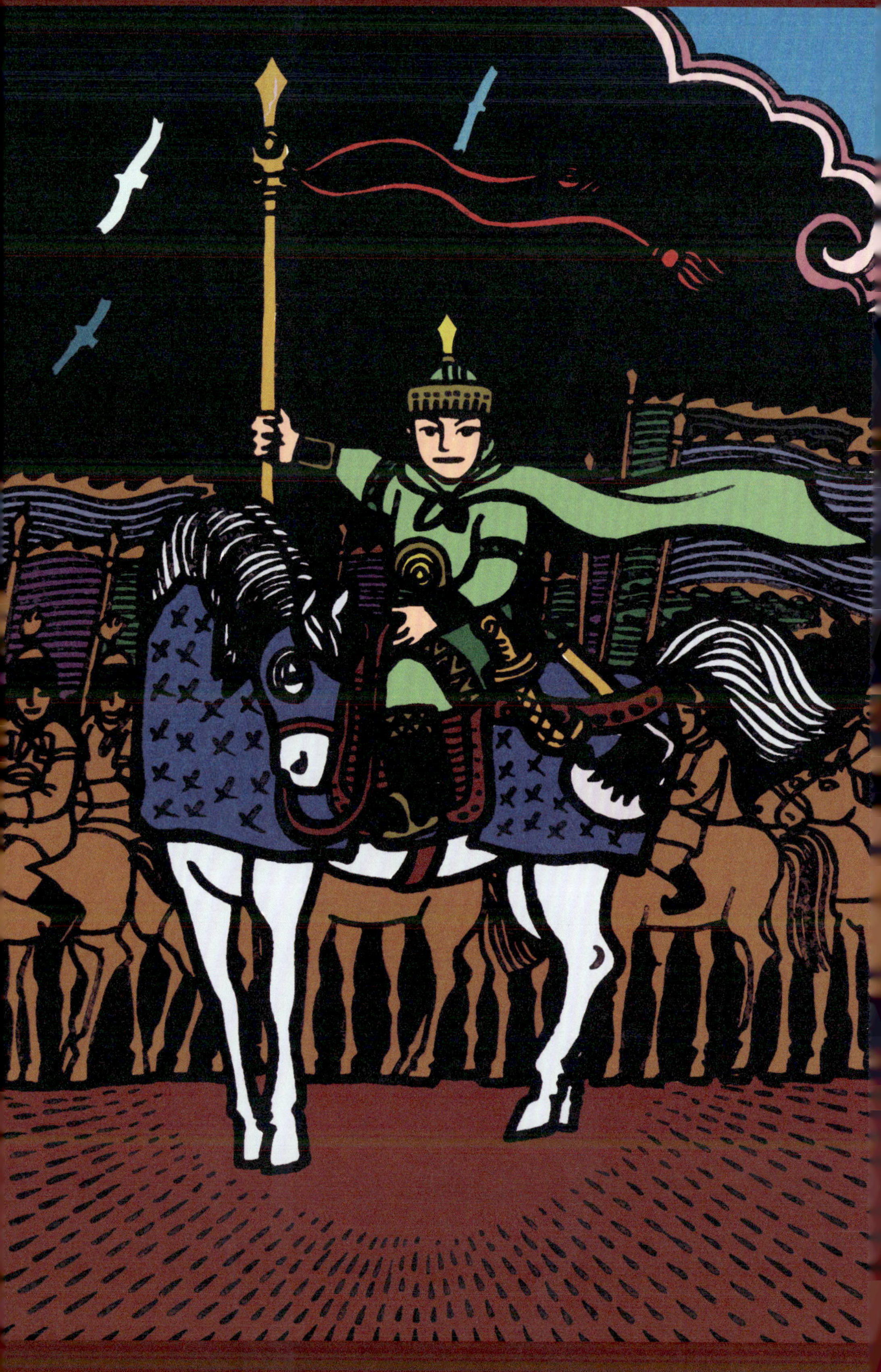

奇格泰身披库略阔战袍，骑着灰蛇银翅马，手持百斤长枪，腰间横挎着战刀，马鞍后面挂着锋利的战斧，他浑身释放出一股威震四方的气息。奇格泰全副武装起来，只等踏上抗敌的征程了。

一个不到十岁的孩童要担负起部族的使命，远征讨伐康阿依人。全体柯尔克孜人无比激动地为他送行。有四十个少年涌到他的面前嚷着要与他一起出征。奇格泰勒住马缰，停下来说道："你们跟我一起去远征，跟我一起在战场上冲锋陷阵，全部族的人都会为你们担心，你们现在最重要的事，就是在家里无忧无虑享受美好的童年生活，如果你们在战争中有个三长两短，我有何脸面再见你们的父母和乡亲？请你们为我祈祷吧，祝愿我出师顺利马到成功！是勇士，就应该为族人分忧解难，完成历史赋予的使命。"奇格泰说完这番话的瞬间，已经策马消逝在滚滚的尘埃之中了……

少年英雄奇格泰单人独骑远征康阿依人，康阿依的奥吐尔等六位汗王先是轮番与奇格泰交战，最后是六个人将奇格泰围在中间，同时向英雄进攻，刀、枪、剑、戟、斧、锤同时向英雄身上砍刺。少年英雄奇格泰毫无惧色，越战越勇。战斗进行了三天三夜，康阿依的六位汗王中，已有五位在英雄手下丧命。奥吐尔只好调动十五万大军，潮水般向奇格泰涌来，将英雄铁桶般围在中间。奇格泰怒火中烧，奋力迎战。他挥动着银枪犹如下山猛虎，又似出水蛟龙，在十五万军中左冲右突横扫千军。他挺枪直刺敌酋奥吐尔的胸膛，由于用力过猛，连枪杆也穿进了对方的胸腔。大山一样的奥吐尔当即毙命。看到汗王均在少年英雄枪下丧生，群龙无首的敌兵像潮水退却一样溃散逃命。

少年奇格泰于苦难中解救了哈萨克人，就在他胜利返回时，却遭到暗藏的敌人的暗算。敌人从他身后用浸满毒液的矛枪刺穿了他的胸膛。奇格泰回身将矛枪刺向敌人的心脏，自己也轰然倒下。

奇格泰未娶妻生子，玛纳斯子孙八代英雄就这样结束了他们为柯尔克孜和阿拉什民众的幸福与安宁前仆后继、艰苦奋斗的辉煌的战斗历程。

编后记

　　藏族民间说唱体长篇英雄史诗《格萨尔》、蒙古族英雄史诗《江格尔》和柯尔克孜族英雄史诗《玛纳斯》被并称为中国少数民族的三大英雄史诗。

　　《格萨尔》被誉为"东方的荷马史诗",大约产生在公元前二三百年至公元6世纪之间,在公元7世纪初叶至9世纪间得到进一步发展。《格萨尔》记述了格萨尔一生以惊人的毅力和神奇的力量征战四方、降伏妖魔、造福人民的英雄故事,代表着古代藏族文学的最高成就。

　　《江格尔》约于15世纪至17世纪上半叶形成,记述了英雄江格尔为民保平安的生动故事。该史诗至今仍以口头和手抄本形式在蒙古族人民中广泛流传,成为家喻户晓的英雄史诗。

《玛纳斯》最初产生于13世纪,后来在流传过程中不断完善。《玛纳斯》叙述了玛纳斯一家八代领导柯尔克孜族人民为争取自由和幸福而进行斗争的故事,展现了柯尔克孜人民生活的巨幅画卷,是认识柯尔克孜民族的百科全书。

《格萨尔》《江格尔》《玛纳斯》三大少数民族史诗具有极高的艺术性和浓郁的民族特色,越来越受到国际关注,但因其卷帙浩繁,阅读难度较大。为方便读者阅读,作者降边嘉措、吴伟、何德修、贺继宏、纯懿等付出了艰苦努力,将三大少数民族史诗整理成通俗的故事,分别名为《格萨尔王传》《江格尔传奇》《玛纳斯故事》。在这里,我们谨向参与此项工作的顾问、作者等有关人员表示衷心感谢!

图书在版编目（CIP）数据

玛纳斯故事 / 贺继宏, 纯懿编. -- 2版. -- 北京：五洲传播出版社, 2024.3
ISBN 978-7-5085-5184-5

Ⅰ.①玛… Ⅱ.①贺… ②纯… Ⅲ.①长篇历史小说－中国－当代 Ⅳ.①I247.5

中国国家版本馆CIP数据核字(2024)第048541号

玛纳斯故事

著　　者：	贺继宏　纯　懿
插图绘制：	王　罡
出 版 人：	关　宏
责任编辑：	宋博雅
助理编辑：	王逸凡
装帧设计：	北京正视文化艺术有限责任公司
出版发行：	五洲传播出版社
地　　址：	北京市海淀区北三环中路31号生产力大楼B座6层
邮　　编：	100088
发行电话：	010-82005927，010-82007837
网　　址：	www.cicc.org.cn　www.thatsbooks.com
承　　印：	北京圣彩虹科技有限公司
版　　次：	2024年5月第2版第2次印刷
开　　本：	155 mm×235 mm
印　　张：	12.5
字　　数：	125千字
定　　价：	54元